Das verschollene Schiff
Eine Seegeschichte von Friedrich Meister
Neufassung und Digitalisierung von Peter M. Frey

In der Neufassung nimmt Peter Frey leichte Veränderungen am Originaltext vor, die der Lesbarkeit und der Übertragung in die heutige Zeit geschuldet sind. Ziel ist es, den Charakter des Originals so weit wie möglich zu erhalten. Im alphabetisch geordneten Glossar finden sich Erläuterungen zu Fachbegriffen aus der Seefahrt. Peter M. Frey arbeitet als Publizist und Autor in Süddeutschland.

Bibliografische Information der Deutschen Nationalbibliothek.
Die Deutsche Nationalbibliothek verzeichnet diese Publikation in der Deutschen Nationalbibliografie; detaillierte bibliografische Daten sind im Internet über http://dnb.d-nb.de abrufbar.

Das verschollene Schiff
Eine Seegeschichte von Friedrich Meister

Neufassung und Digitalisierung von Peter M. Frey

Copyright © 2017 Peter Frey
Herstellung und Verlag
BoD - Books on Demand, Norderstedt
ISBN 9783741207600

Friedrich Meister

Friedrich Meister wurde 1848 in Baruth in Brandenburg geboren und starb 1918 in Berlin. Er war ursprünglich ein Seefahrer der alten Schule. Zu seiner Zeit wurde der überseeische Handelsverkehr zum größten Teil noch durch Segelschiffe besorgt. Auf solchen Segelschiffen fuhr Friedrich Meister zehn Jahre lang durch alle Meere - die Polarmeere ausgenommen - und bei Sonnenschein und Sturm erlebte er manches Abenteuer. Dabei lernte er fremde Länder und Völker kennen. Er bereiste China, Siam, Japan und den Südsee-Archipel bis zur Küste von Neu-Guinea und nördlich davon, die Philippinen. Er war in Westindien, Nord- und Südamerika, England, Italien und Griechenland. Er sah die »Sultansstadt am Goldenen Horn«, das heutige Istanbul, und die Westküsten des Schwarzen Meeres. In Japan erkrankte er an einem Augenleiden, das ihn schließlich dazu zwang, den Seemannsberuf aufzugeben. An Land wusste er zunächst nicht, wovon er leben sollte. Er versuchte dies und das und gelangte schließlich zur Schriftstellerei. Friedrich Meister ist Autor zahlreicher Jugendbücher.

Aus dem Vorwort von »Burenblut«

Inhalt

Erstes Kapitel 9
*Wie Heinrich Rohrpenn an Bord des »Paladin« kam. - Ein fixer Kerl.
In See. - Seltsame Unterhaltung im Matrosenlogis.
Ein böser Geist an Bord. - Valeska am Ruder. -Der »Albatroß«.
In den Mallungen. - Der Hai. - Eine Bö.*

Zweites Kapitel 35
*Die umgefallene Bark. - Wie der Ingenieur Eisenlohr ein braves Stück
vollführt. - Obersteuermann Rupp als Kommandant der »Viktoria«.
Ein trauriges Ereignis. - Heinrich im Palstek.*

Drittes Kapitel 48
*Heinrich Rohrpenn, Obersteuermann. - Warum der Kapitän wider
seinen Willen ausgepurrt wird. - Meuterei! - »Nun seid ihr alle drei
gemütlich beisammen!« - Markus Wenzel verfügt über das Geschick
seiner Gefangenen. - Heinrich im Dienst der Meuterer.
Wie die Passagiere an Land gesetzt wurden.*

Viertes Kapitel 74
*Warum Valeska sich über Bord stürzen will. - Niklas desertiert.
Die Aussetzung Keppen Lüdemanns und Gehrkes. - Im Hafen.
Ein Schlangenabenteuer. - Was Heinrich und Valeska in der
Felsenhöhle fanden. - Verschollen.*

Fünftes Kapitel 95
*Niklas erscheint bei den Verbannten. - Eisenlohr erforscht die Insel.
Das Wrack. - Die Bergung des Strandgutes.
Die erste Seefahrt mit dem Pontonfloß.*

Sechstes Kapitel 109
*Boot in Sicht! - Alte Bekannte und Leidensgefährten. - Eine schlimme
Kunde. Übersiedlung nach der Seeninsel. - Das Fort. - Keppen
Lüdemann fährt auf den Fischfang. - Ha, was ist das? - Elmsfeuer. -
»Schiff ahoi!« - Die Brigg. - Der Seeadler im Orkan.*

Siebentes Kapitel 124
»Er ist nicht da!« - Die Malaien! - Luciens Traum.
Gefangen. - »Sie kommen!« - Ein seltsames Dokument.
»Was soll ich tun?«- Vater und Sohn in der Gewalt der Seeräuber.
Der Doktor als Retter. - Sechzehn gegen zwei.
Was donnert da in der Ferne? - Flucht. - Der »Paladin«

Achtes Kapitel 145
Die Piraten. - Markus Wenzels Warnung. - Wie Heinrich mit dem
»Paladin« davonsegelt. - Wie er von Wenzel verfolgt wird.
Frei! Wie Gehrke und Niklas an Bord kamen. - Wiedervereinigung.
Noch einmal auf der Markusinsel. - Wie Keppen Lüdemann wieder
an Bord eines Schiffes kam. - Keppen Rohrpenn von der »Elbe«

Worterläuterungen 162

Erstes Kapitel

Wie Heinrich Rohrpenn an Bord des »Paladin« kam. Ein fixer Kerl. - In See. - Seltsame Unterhaltung im Matrosenlogis. - Ein böser Geist an Bord. - Valeska am Ruder. - Der »Albatroß«.- In den Mallungen. - Der Hai. - Eine Bö.

Wer einmal in Hamburg war, den zieht es immer wieder in die alte, schöne Hafenstadt. Die neue Zeit hat ihr zwar manche ihrer ehrwürdigen und romantischen Eigenheiten genommen, aber den Hauch jener kernigen Zeit, in der die stahlgepanzerten Hanseaten auf ihren kriegstüchtigen Koggen den Vitalienbrüdern Gödeke, Störtebeker und anderen Feinden, siegreiche Schlachten lieferten und ruhm- und beutereich wieder auf der Elbe vor Anker gingen, diesen Hauch spürt heute noch jeder, der den mächtigen Strom überschaut und die alten Stadtteile längs des Hafens durchwandert.

Nicht wenig trägt auch dazu das hamburgische Plattdeutsch bei, das einem auf Schritt und Tritt in den Ohren klingt. Dasselbe Plattdeutsch, das hier schon vor Jahrhunderten gesprochen wurde.

Prächtig ist die Elbstadt in ihren modernen Teilen. Anmutig spiegeln sich die stattlichen Patrizierhäuser und die von Gärten und Parks umgebenen freundlichen Villen in den stillen Fluten der Binnen- und Außenalster. Vielgestaltig und eigenartig ist das wimmelnde Volk auf den Plätzen und Straßen. Interessant ist der Blick auf die schmalen Fleete, an denen die altersgrauen, hohen Speicher stehen.

Die eigentliche Besonderheit der Stadt aber ist das Hamburg an der Elbe, der Stadtteil am Hafen, wo vor den Häusern der Schiffsmakler und Schiffshändler, vor den zahlreichen kleinen Wirtschaften und Tavernen, sich die verschiedenartigen Völkertypen, repräsentiert durch Kapitäne, Steuerleute und Matrosen, hin und her bewegen.

An der unmittelbar am Hafen gelegenen Straße reiht sich Flaggenstock an Flaggenstock. Niedrige, eiserne Kräne dienen dem kleinen Schiffsverkehr. Auf dem Strom selbst liegen unabsehbare Reihen von Seeschiffen, deren Masten wie ein Wald zum Himmel ragen und mit ihrem Takelwerk ein schier unentwirrbares Gewebe zu bilden scheinen.

Vom großen Frachtdampfer bis zum kleinen Fischer-Ewer sind hier alle Schiffsgattungen vertreten. Schuten und hier und da ein Elbkahn liegen den Schiffen zur Seite, die entweder Ladung aus ihnen empfangen oder an sie abgeben.

Kleine, schnelle Schlepp- und Fährdampfer schießen ab und zu durch die Schiffsreihen. Ihr schrilles Pfeifen mischt sich mit dem dumpfen Geheul der gewaltigen Seedampfer, die brausend flussabwärts fahren oder von der Außenelbe heraufkommen.

Es ist ein so reiches und wechselvolles Bild, dass man sich daran kaum sattsehen kann, vor allem wenn man seinen Standpunkt auf einem der Pontons bei St. Pauli hat, von wo aus man einerseits den ganzen Hafen und die zahlreichen großen Schiffswerften, Docks und Maschinenfabriken von Steinwerder und Reiherstieg sieht und hinter sich die Deutsche Seewarte und das Seemannshaus auf der Elbhöhe hat. Auf der anderen Seite schaut man nach Altona hinaus auf den sich breit ausdehnenden Spiegel des herrlichen Stromes, auf dem - je nach dem Stand der Gezeiten - ganze Flotten von Segelschiffen vor Anker liegen oder in Bewegung sind.

Hell leuchten die weißen Segel der Vollschiffe, der Barken, Briggs und Schoner in die blaue Luft hinaus, im Gegensatz zu der lohfarbenen, braunen und roten Leinwand der Ewer, Galioten und Tjalken und den dunklen Rauchmassen aus den Schloten der Dampfer, die zeitweise die Aussicht mit einem Schleier verdecken.

* * *

In der Morgenfrühe des Tages, an dem diese Geschichte beginnt, stand ein junger Mann auf dem Speicherkai am oberen Ende des Hafens in die Betrachtung eines prachtvollen und ganz neuen eisernen Vollschiffs vertieft, das dicht an den

Kai herangeholt hatte und mit diesem durch eine breite Planke verbunden war.

Die drei Luken des Schiffes an dessen Heck und Bug der Name *Paladin* in goldenen, hell in der Morgensonne funkelnden Lettern zu lesen war, standen offen, um die Stückgüter aufzunehmen, die eine Anzahl Schauerleute aus dem Speicher heraus und an Deck hinüberschafften, wo sie mit Hilfe der Winsch in den Raum hinunterbefördert wurden.

Der Name des jungen Mannes war Heinrich Rohrpenn. Er hatte sein neunzehntes Lebensjahr noch nicht erreicht, war trotzdem bereits ungewöhnlich groß und kräftig und konnte als ein prächtiges Muster eines jungen deutschen Seemannes gelten.

Seine Ausbildung hatte er an Bord der *Herzogin Sophie Charlotte* einem der Schulschiffe des Norddeutschen Lloyd erhalten, um sich später der Offizierslaufbahn auf den großen Bremer Schnelldampfern widmen zu können.

Er war im ersten Jahr als Schiffsjunge, im zweiten als Leichtmatrose und im dritten Jahr als Vollmatrose gefahren und hatte auf seinen Reisen während dieser drei Jahre Japan, Australien und die Westküste Südamerikas kennengelernt.

Diesen Fahrten folgte eine Reise auf einem der Lloyd-Dampfer und hierauf hatte er die Seefahrtschule zu Bremen besucht. Gern hätte er nun eine Stellung als vierter Offizier auf einem der Bremer Schnelldampfer angenommen. Allein auf den dringenden Wunsch seines Vaters, des alten Hamburger Kapitäns Adam Rohrpenn, entschloss er sich, als dritter Steuermann auf dem *Paladin* anzumustern, dessen Führer, Kapitän Lüdemann, seit langen Jahren mit Adam Rohrpenn eng befreundet war.

Rohrpenn besaß in dem unterhalb Altonas gelegenen Dörfchen Neumühlen ein kleines Haus, in dem er sein Leben zu beschließen gedachte. Er war bei einem Schiffbruch schwer verletzt worden und musste seine Tage in einem Rollstuhl zubringen, sonst hätte er es sich nicht nehmen lassen, seinen Heinrich persönlich an Bord des schönen neuen *Paladin* zu geleiten, welcher der nämlichen Reederei gehörte, für die er selbst dreißig Jahre lang gefahren war.

Als der Bau des *Paladin* geplant wurde, da hatte man beschlossen, ihm, Adam Rohrpenn, die Führung dieses Schiffes zu übertragen. Allein das grausame Schicksal fügte es anders. Dreißig Jahre lang hatte der brave Kapitän in dem Ruf gestanden, immer nur vom Glück ganz besonders begünstigte Fahrten zu machen. Bei der letzten Fahrt brach das Unglück über ihn herein: Ein furchtbarer Orkan warf seine *Ceres* auf die Klippen der Scilly-Inseln am Eingang des Englischen Kanals. Das Schiff ging in Stücke, nur wenige von der Besatzung wurden gerettet, unter ihnen auch Kapitän Rohrpenn, der jedoch infolge der bei der Katastrophe erlittenen Verletzungen zum Invaliden wurde.

Wenn nun aber auch ein Rohrpenn den *Paladin* nicht mehr kommandieren konnte, so sollte doch ein Rohrpenn auf ihm Dienst nehmen. Also hatte sich an jenem Morgen Heinrich Rohrpenn in Neumühlen von seinem Vater verabschiedet und nach Hamburg aufgemacht, wo er nun auf dem Speicherkai den *Paladin* betrachtete. Er trug seinen Feiertagsanzug aus blauem Düffel und auf seinem blonden Krauskopf eine Schirmmütze von gleichem Stoff mit von goldenen Knöpfen gehaltenen Sturmriemen und einem schwarzen Wachstuchüberzug. Aus seinem frischen, sonnenverbrannten Gesicht schauten ein Paar ehrliche, graue Augen scharf und energisch in die Welt hinaus und man erkannte auf den ersten Blick, dass man es in Heinrich Rohrpenn mit einem treuen, zuverlässigen, ehrenhaften und mutigen jungen Mann zu tun hatte.

Mitschiffs unweit des Fallreeps, wo durch die Entfernung eines Stückes der Schanzkleidung eine Ladepforte geschaffen worden war, lehnte ein Mann an der Reling des *Paladin,* der ein Taschenbuch und einen Bleistift in den Händen, die an Bord kommenden Stückgüter kontrollierte. Das war der Obersteuermann Rupp, der in Abwesenheit des Kapitäns das Kommando führte.

Aus irgendeiner Veranlassung wandte er sich jetzt dem Kai zu und bemerkte dabei den dritten Steuermann, den er bereits auf dem Musterbüro kennengelernt hatte.

»Da sind Sie ja, Rohrpenn!«, rief er herüber. »Kommen Sie mal an Bord, Sie können mir hier helfen!«

Heinrich sprang in drei Sätzen über die Planke an Deck, bot dem Obersteuermann einen fröhlichen guten Morgen und lief in seine Kammer, wo bereits am Abend zuvor seine Seekiste untergebracht worden war. Er wechselte rasch den Anzug und erhielt dann vom Obersteuermann Buch und Bleistift und die Weisung, sich zur Achterluke zu verfügen und zu notieren, was dort in den Raum hinabgegeben wurde.

Zu der Ladung die mittschiffs verstaut wurde, gehörten auch zwölf Kruppsche stählerne Feldgeschütze samt Lafetten und allem Zubehör. Außerdem mehrere hundert Gewehre und Munition. Diese Waffen waren für eine Abteilung der australischen Miliz bestimmt. Sie erregten naturgemäß die Neugierde der auf dem Kai lungernden Leute, unter denen besonders ein Mann die Verladung mit größter Aufmerksamkeit beobachtete.

In seinem Eifer half er den Schauerleuten, die Geschützrohre in die Kranketten zu schlingen und erwies sich dabei so geschickt und flink, dass Heinrich Rohrpenn in ihm auf den ersten Blick einen erfahrenen Seemann erkannte. Das Gesicht des Mannes war von Sonne und Wetter dunkel gebräunt. Er trug goldene Ohrringe und gute Kleider aus dunkelblauem Stoff, wie Janmaat sie anzulegen pflegt wenn er an Land geht.

Acht Tage später wurden die Luken zugedeckt und für die Reise dichtgemacht, denn der *Paladin* hatte jetzt seine gesamte Ladung an Bord. Während dieser Zeit hatte sich der braune Seefahrer mehrmals auf dem Kai eingefunden und den *Paladin* mit immer neuem Interesse betrachtet. Er schien eine Vorliebe für das schöne Schiff gefasst zu haben.

Heinrich Rohrpenn war daher durchaus nicht verwundert, als der Fremde am letzten Tag des Ladung-Einnehmens über die Planke herüber an Deck kam, ohne weiteres auf den auf dem Achterdeck stehenden Kapitän Lüdemann zuschritt und diesen die Mütze lüftend fragte, ob die Mannschaft bereits vollzählig sei.

Der Schiffer musterte den Mann von oben bis unten und antwortete dann, dass er noch einige Leute haben müsste. Wenn er die Reise machen wolle, solle er sich am Nachmittag zu einer bestimmten Stunde auf dem Musterbüro einstellen. Der Mann war gern dazu bereit, und so trennten sie sich nach kurzer Unterhaltung, augenscheinlich jeder mit dem anderen sehr zufrieden.

»Ein fixer Kerl«, sagte Kapitän Lüdemann zu Heinrich, dem Abgehenden nachschauend, der mit schnellen, elastischen Schritten über den Kai davoneilte. »Er ist dreimal ums Kap Horn gewesen wie er mir gesagt hat und muss daher seine Sache verstehen. Er hat da auch noch fünf Schiffsmaaten, die mit ihm in demselben Schlafhaus wohnen, lauter tüchtige Vollmatrosen und er meint, dass auch die gern auf dem *Paladin* anmustern würden. Ich denke, wir werden diesmal eine gute Crew haben.«

Am Nachmittag wurde die noch fehlende Besatzung angemustert, und zwar der zweite Steuermann, der Bootsmann, der Zimmermann, der Segelmacher, der Steward, der Koch, vierzehn Vollmatrosen – unter diesen auch der braune Kaphornfahrer, der den Namen Markus Wenzel führte – und acht Leichtmatrosen. Die gesamte Besatzung, Kapitän und Steuermann mitgerechnet, belief sich auf einunddreißig Köpfe, so dass auf jede der beiden Wachen dreizehn Mann kamen, da Kapitän, Koch, Steward, Zimmermann und Segelmacher keine Wache mitzugehen hatten.

Eine Crew von dreizehn Mann in der Wache an Bord eines Vollschiffs von der Größe des *Paladin* reichte gerade noch aus, das Fahrzeug in einem mäßigen Sturm zu beherrschen. Begann es stärker zu wehen, dann musste auch die andere Wache ausgepurrt werden.

Am Abend desselben Tages kam Kapitän Scherk ein alter Freund des Kapitän Lüdemann an Bord, um seinen Abschiedsbesuch zu machen. Er war der Führer des *Albatroß*, eines feinen Vollschiffs, das noch einige hundert Tonnen größer war als der *Paladin* und um dieselbe Zeit wie dieser die Reise nach Melbourne antreten sollte. Der *Paladin* war ein Schiff von zwölfhundert Tonnen.

Lange schon hatten beide Kapitäne den Wunsch gehegt, miteinander um die Wette segeln zu können, und jetzt endlich war die Gelegenheit dazu gekommen. Sie hatten um einen neuen Hut gewettet, den der erhalten sollte, der vor dem anderen im Hafen von Melbourne einlaufen würde.

Obwohl jeder der beiden Seebären im geheimen fest von der überlegenen Schnelligkeit seines eigenen Schiffes überzeugt war, gab er sich dennoch den Anschein, als glaube er bestimmt hinter der besseren Seefähigkeit des nebenbuhlerischen Schiffes zurückstehen zu müssen.

»Na denn adjüs, Lüdemann«, sagte Scherk, nachdem sie eine Flasche Rotspohn gelehrt hatten. »Adjüs, alter Freund und glückliche Reise. Ich denke in der Gegend vom Äquator sehen wir uns wieder. Ich laufe zwar vierundzwanzig Stunden vor dir die Elbe herunter, aber diesen kleinen Vorsprung holst du bald wieder auf.«

»Von Aufholen kann gar keine Rede sein«, entgegnete Lüdemann ernsthaft den Kopf schüttelnd. »Du weißt ganz genau, dass mein kleines Schiff gar keine Chance gegenüber deinem feinen Klipper dem *Albatroß* hat. Wir liegen viel zu tief im Wasser und haben auch nicht den richtigen Trimm. Nee, Freund Scherk, acht Tage mindestens bist du früher in Melbourne als ich, so dass du reichlich Zeit hast uns dort anzumelden.«

»Nicht doch Lüdemann, am Äquator hast du uns eingeholt und dann bleiben wir im Kielwasser des *Paladin* das kannst du mir glauben. Der neue Hut gehört dir, darauf kannst du dich verlassen.« Die beiden verschmitzten alten Burschen drückten sich lachend die Hände und Kapitän Scherk ging wieder an Land, überzeugt davon, dass er den Hut gewinnen werde.

Am folgenden Morgen kamen zwölf Arbeiter an Bord des *Paladin*. Es waren Maschinenbauer von einer Hamburger Schiffswerft, die nach Australien gehen wollten in der Meinung dort höheren Lohn zu erhalten. Sie wurden im Zwischendeck untergebracht.

Am Nachmittag erschienen die Kajütspassagiere, sieben an der Zahl. Es waren der Doktor Cellarius, seine Frau Marie und sein sechsjähriges Töchterchen namens Lucie. Valeska Merk, die Schwester der Frau Cellarius, der Ingenieur Eisenlohr, seine Frau Dora und sein siebenjähriger Sohn Willy.

Die Herrschaften ließen sich ihre Kammern anweisen, ihr Gepäck hineinschaffen und richteten sich so behaglich wie möglich für die lange Seereise ein die ihnen bevorstand. Darauf begaben sich der Doktor und der Ingenieur an Deck, um sich miteinander und mit den Offizieren bekannt zu machen. Als die Zeit des Abendessens herankam da hatten sie die Ansicht gewonnen, dass sie miteinander trefflich auskommen würden, dass Kapitän Lüdemann ein prächtiger Herr sei, dass Rupp, der Obersteuermann und Klaus, der zweite Steuermann »soso« wären, der dritte Steuermann aber, der junge Rohrpenn, ein gebildeter, offener, sehr ansprechender junger Mann sei, und dass man was die Gesellschaft betraf eine angenehme Reise erwarten könne.

Noch ein weiterer Tag verging, dann kam der kleine Dampfer *Herkules* und schleppte den *Paladin* die Elbe hinab. Heinrich Rohrpenn hatte den ersten Rudertörn übernommen. Der Hamburger Hafen blieb bald zurück. Altona, mit seinen direkt aus dem Strom aufsteigenden, großen Speichern und Dampfmühlen, mit den alten Pfahl- und Bollwerken am Ufer und den zahlreich hier ankernden Fischerfahrzeugen glitt zur Rechten vorüber, und vor Heinrichs sehnsüchtigen Blicken tauchten die Uferhöhen von Ottensen und Neumühlen auf.

Die Schlösser und Villen der Handelsfürsten Hamburg-Altonas schauten hoch herab aus ihren grünen Parks und bunten Gärten. Unten bespülte das Wasser des Stromes den weißen Sand. Terrassenförmig stiegen die kleinen Gärtchen vor den zierlichen Schifferhäusern Neumühlens auf, von alten Ulmen beschattet.

Kapitän Lüdemann war an den jungen Mann herangetreten. »Kiek, Heinrich«, sagte er, »dort ist das Haus deines Vaters.« Er hat an seinem Flaggenmast das Signal »Glückliche Reise« gehisst und dort sitzt er in seinem Rollstuhl. Er hat sich ganz dicht ans Wasser schieben lassen. Jetzt schwenkt er seinen Strohhut zu uns herüber!« Heinrich hatte schon längst die Mütze abgerissen und seinem Vater Grüße zugewinkt. »Auf Wiedersehen!«, rief er, obgleich er wusste, dass der alte Herr ihn nicht hören konnte.

»Auf Wiedersehen, alter Freund!«, rief auch Kapitän Lüdemann, indem er zugleich die von der Gaffel wehende Flagge dreimal dippte. Das Schiff rauschte vorüber und bald lag auch Neumühlen weit hinter ihm, und das Gehämmer der zahlreichen Bootsbauereien, derentwegen das Dörfchen so berühmt ist, war nicht mehr hörbar. Die Elbmündung war bald erreicht. Zum Nordergatt warf der Schleppdampfer die Trosse los. Die schon vorher gelösten Segel wurden vorgeschotet, die Rahen getrimmt und mit frischer östlicher Brise steuerte der *Paladin* hinaus in die grüne Nordsee und dem Englischen Kanal zu. Kapitän Lüdemann ließ das Log werfen, und zu seiner und der gesamten Besatzung großen Befriedigung stellte sich heraus, dass das Schiff bei dieser mäßigen Brise nicht weniger als elf Knoten lief.

Drei Tage später war der Kanal durchlaufen und der *Paladin* begann die lange Schwell des Atlantischen Ozeans zu spüren. Der Wind frischte auf, und das Schiff stampfte und rollte über die Biscanische See mit einer so schnellen Fahrt dahin, dass alle Mann geradezu in Entzücken versetzt wurden.

Der Schiffer marschierte auf der Luvseite des Kampanjedecks hin und her, rieb sich vergnügt die Hände, kicherte vor sich hin und redete im Selbstgespräch halblaut allerlei abgegriffenes Zeug wie: »Der alte Junge, der Scherk, der soll die Augen aufreißen - mindestens acht Tage bin ich mit dem *Paladin* früher in Melbourne als er mit seinem alten Heuwagen der *Albatroß* - und ich kriege den Hut, haha!« Das war's was Heinrich Rohrpenn aufschnappte, als er einen Augenblick auf dem Achterdeck zu tun hatte.

Im Logis dem Wohnraum der Matrosen, gab die Schnelligkeit des Schiffes an jenem Abend viel Stoff zur Unterhaltung. Janmaat hat eine große Vorliebe für fixe Segler, und jetzt wo man wusste, was der *Paladin* unter günstigen Umständen zu leisten vermochte, versicherte jeder noch niemals an Bord eines Schiffes gewesen zu sein, das diesem an Schnelligkeit gleichgekommen wäre.

Markus Wenzel, der Mann mit dem braungebrannten Gesicht, dem pechschwarzen Haar und Bart und den goldenen Ohrringen, war von allen der Begeistertste.

»Junge, Junge!«, rief er, als die anderen sich in ihren Lobeserhebungen so ziemlich erschöpft hatten, »was würde der Kasten für ein Piratenschiff abgeben! Wäre er mein, ich machte mein Glück damit und nicht nur mein Glück, sondern auch das von alle Mann und das sollte kein halbes Jahr dauern!«

Diese Worte riefen ein allgemeines Gelächter hervor.

»Mensch, Markus! Du willst doch nicht etwa sagen, dass du mit dem *Paladin* Seeraub betreiben wolltest wenn er dein Eigentum wäre?«, fragte Tim Thode, ein großer, vierschrötiger Seefahrer mit rotem buschigen Bart, der dem anderen auf seiner Seekiste gegenüber saß. »Nee, Maat, das gerade nicht«, antwortete Wenzel, »aber dennoch, warum eigentlich nicht? Es gibt doch noch manch schlechteres Handwerk als Seeraub, das könnt ihr mir glauben, Leute.«

»Oho!«, rief Tim, »meinst du? Nenne mir doch mal so ein Handwerk.«

»Das ist leicht geschehen«, erwiderte der andere. »Zum Beispiel unser Matrosenhandwerk, ist das nicht ein ganzes Stück schlechter? Harte Arbeit, schlechtes Futter, miserable Bezahlung - ihr sollt mich nicht falsch verstehen, ich will mich über den *Paladin* nicht beklagen, das Essen ist hier gut genug und viel Arbeit haben wir hier auch noch nicht zu sehen bekommen - aber das Gesicht von dem Obersteuermann Rupp gefällt mir nicht und das von dem zweiten Steuermann Klaus auch nicht. Was Keppen Lüdemann angeht, das scheint ja ein ganz guter Mann zu sein - bis jetzt wohlverstanden. Aber dies Schiff wird ihn verderben.«

»Hoho!«, lachte Tim.

»Jawoll, Maat, dies Schiff wird ihn verderben«, wiederholte Markus Wenzel. »Lass' ihn nur erst mal richtig dahinter gekommen sein, dass er einen Schnellsegler, einen Flieger unter den Füssen hat, dann wird er jagen auf Teufel komm heraus bis alle Mann zum Segelbergen ausgepurrt werden müssen, damit die Stengen nicht über Bord gehen, anstatt die Segel beizeiten wegzunehmen was eine Wache allein verrichten kann. Wartet ab, Maaten, dieser Flieger macht Keppen Lüdemann noch zum Leuteschinder!«

Diese Prophezeiung rief hier und da zustimmendes Brummen und bedenkliches Kopfschütteln hervor. Tim Thode aber rief: »Was soll das Gerede! Was hat das mit der Seeräuberei zu tun?«

»Lass mich doch mal ausreden!«, entgegnete Wenzel. »Ich habe gesagt, dass Janmaat hart arbeiten muss, wie ein Hund wohnt und schlechte Kost und wenig Geld kriegt. Dahingegen, wenn wir Piraten wären, dann hätten wir höchstens die Segel zu trimmen, dabei das Beste zu essen und zu trinken, könnten nach einer Kreuzfahrt von sechs Monaten die Seefahrt aufgeben und den Rest unseres Lebens wie Fürsten an Land zubringen.«

Thode brach in schallendes Gelächter aus.

»Mensch«, sagte er, »für so einen Schafskopf hätte ich dich wirklich nicht gehalten! Das kann doch nicht dein Ernst sein! Du bist kein Pirat, ebenso wenig wie wir anderen. So ein Räuberpack muss noch mehr arbeiten als Janmaat auf einem Kohlenschiff, und dabei kann er jeden Augenblick damit rechnen eine Kugel in den Kopf zu bekommen oder einen Messerstich von seinen Oberbanditen. Und die Kriegsschiffe, die hinter ihnen her sind und die Mordtaten, die jeder Pirat auf dem Gewissen hat! Nee, Maat, bleib mir lieber vom Leib mit deiner Seeräuberei!«

»Hat ja noch keiner verlangt, dass du Pirat werden sollst«, antwortete Wenzel ruhig. »Ich behaupte nach wie vor, dass Seeraub nicht das schlechteste Handwerk ist. Mordtaten sind dabei durchaus nicht nötig. Es ist ja wahr, tote Leute plaudern nichts aus, aber man kann Leute auch stumm machen, ohne ihnen die Hälse abzuschneiden. Gibt es nicht Inseln genug, wo man seine Gefangenen aussetzen kann? Und was die Arbeit anlangt, so kann man ja einige Gefangene an Bord behalten, die der Mannschaft die Arbeit abnehmen müssen. Und wenn man genug Beute gemacht hat, dann haut man in der Nähe eines passenden Hafens bei dunkler Nacht das Schiff leck, lässt es wegsacken, geht mit seinem Kram als armer schiffbrüchiger Mann an Land und kann hernach als wohlhabender Mann herrlich und in Freuden leben. Ich weiß Bescheid, Maaten.«

»Dann bist du wohl einer von den Leuten, die sich gern am Eigentum der anderen Leute vergreifen?«, fragte Thode.

»Du hast mich nicht verstanden, sonst würdest du nicht solche Frage an mich richten«, entgegnete Wenzel in beleidigtem Ton. »Ich bin kein Dieb und die Seekiste eines Schiffsmaaten ist mir heilig, denn da sind nur Dinge drin, die er notwendig haben muss und an denen er ein Recht hat. Niemand aber hat ein Recht am Überfluss solange andere Menschen dadurch zu kurz kommen.«

»Das ist richtig«, kam eine Stimme aus einem dunklen Winkel. »Es gibt viele Leute«, fuhr Wenzel fort, »die haben so viel Geld, dass sie gar nicht wissen wie reich sie sind und haben doch in ihrem Leben niemals gearbeitet. Und wir armen Janmaaten müssen schuften und quälen uns Tag und Nacht, bei gutem und schlechtem Wetter um Leib und Seele zusammenzuhalten.«

»Das ist richtig«, sagte die Stimme nochmals aus dem Dunkel.

»Ist das Gerechtigkeit?«, redete Wenzel weiter. »Ich sage nein! Und ich würde mich keine Sekunde besinnen, jenen reichen Nichtstuern und Tagedieben etwas von ihrem Überfluss abzunehmen, wenn sich die Gelegenheit dazu fände. So denke ich!«

»Markus hat nicht unrecht«, brummten einige der anderen, »nee, er hat ganz und gar nicht unrecht, wenn man die Sache richtig überlegt.«

Tim Thode stierte den braunhäutigen Schiffsmaaten eine Weile zweifelnd an, dann rief er: »Bist du nun fertig mit deinem Gerede? Du bist ein fixer Kerl Markus, beinah ein bisschen zu fix. Du kannst reden wie ein Advokat, aber du kannst mir nicht einreden, dass du selbst an dein Gerede glaubst. Wenn ich nicht wüsste, dass du der beste und willigste Seemann hier an Bord bist, dann würde ich dich fast für einen Rebellen halten.«

In dem Augenblick erklang draußen die Schiffsglocke in vier Doppelschlägen.

»Acht Glasen«, schloss Thode seine Rede. »Wir müssen an Deck. Wer hat den ersten Rudertörn?« Die Steuerbordwache begab sich für die nächsten vier Stunden an Deck und die Backbordwache suchte ihre Kojen auf.

Da das Schiff mit günstigem und stetigem Wind seinen Kurs verfolgte, gab es zunächst keine Arbeit; nur der Mann am Ruder und der auf dem Ausguck hatten ihre Obliegenheiten wahrzunehmen - jeder zwei Stunden lang.

Wenzel und ein anderer Matrose namens Backhaus, zündeten ihre Pfeifen an und setzten sich nebeneinander auf die Reservespieren, die auf der Luvseite des Decks festgemacht waren. Eine Weile rauchten sie schweigend und in Gedanken versunken vor sich hin, dann nahm Backhaus das Wort.

»Ich habe mich vorhin erschrocken«, begann er mit gedämpfter Stimme, »als du unseren Piratenplan so offen ausplaudertest. Ich hätte das feiner angefangen. Der Thode wird Verdacht schöpfen, wenn das nicht vorsichtiger betrieben wird.«

»Hast recht, Maat«, antwortete Wenzel, »aber der Thode hat mich sozusagen herausgefordert. Immerhin hat die Sache einen Anstoß bekommen und die Leute werden sich das Ding durch den Kopf gehen lassen. Mit Thode bringe ich alles wieder in die Reihe, er hat mich einen fixen Kerl genannt und da hat er recht. Bloß dass ich noch viel fixer bin, als er denkt. Und es hat gewirkt, Maat. Ich glaube, dass ich dir jetzt schon drei oder vier Mann nennen kann, die zu uns halten werden, wenn die Zeit da ist.«

Am Abend des fünften Tages erreichte das Fahrzeug die Höhe von Kap Finisterre. Das Schiff rauschte unter allen Segeln und Leesegeln vor einer nördlichen Brise über den mit unzähligen kleinen Schaumkämmen bedeckten Ozean. Dabei hatte es eine Geschwindigkeit, die die Steuerleute in Erstaunen versetzte so oft sie die Logleine einholten und deren Knoten zählten.

Die Passagiere freuten sich der schnellen Fahrt und des schneidigen Schiffes. Sie fühlten sich wohl und waren zufrieden mit ihren Reisegenossen, mit dem Kapitän und mit der Mannschaft. Sie waren überzeugt davon, dass die Letztere aus ausgesucht tüchtigen und zuverlässigen Seeleuten bestünde.

Auch an musikalischer Unterhaltung fehlte es nicht. Der Ingenieur Eisenlohr hatte seine Flöte mitgebracht. Zur Ausstattung des Salons der Kajüte gehörte ein gutes Piano und Frau Doktor Cellarius und ihre Schwester Valeska verfügten über schöne und geschulte Stimmen. So flutete zuweilen ein liebliches Konzert hinaus in die Abendluft und über das Deck zum Entzücken des braven Kapitäns, des Rudersmannes und der Leute der Wache.

Eines Tages regte sich in Valeska das ehrgeizige Verlangen, steuern zu lernen. Sie hatte schon oft stundenlang den Mann am Ruder beobachtet, wie er auf der Luvseite hinter dem Rad stand, mit den sehnigen Fäusten die Speichen gefasst hielt, sie ab und zu sacht um einige Zoll an sich ziehend und sie eine oder zwei Minuten später ebenso sacht wieder zurückdrückend.

Das sah lächerlich leicht aus, und dennoch lag etwas Großartiges in dem Gedanken, dass durch diese einfachen und mühelosen Bewegungen gewissermaßen das Geschick des ganzen gewaltigen Schiffes und aller an Bord befindlichen Menschen gelenkt wurde. Valeska beschloss daher, sich die Kunst des Steuerns zu eigen zu machen.

Der *Paladin* hatte die Höhe von Madeira erreicht und strich mit Achtknotenfahrt ruhig über die abendliche See. Der steuernde Matrose war von Heinrich Rohrpenn, dem dritten Steuermann, auf die Kreuzrah hinaufgeschickt worden, um dort eine Arbeit zu verrichten, und Heinrich hatte inzwischen das Ruder übernommen.

Seine linke Hand ruhte auf dem Rand des Rades, seine Rechte in Armlänge ausgestreckt, hielt mit losem Griff eine Speiche und sein Auge beobachtete das Liek an der Luvseite des Oberbramsegels. Dabei summte er leise eine Melodie vor sich hin, die Valeska am Abend zuvor zum Klavier gesungen hatte.

Die Gelegenheit war günstig. Jetzt konnte die junge Dame die erste Lektion erhalten. Sie ging achteraus und blieb vor Heinrich stehen.

»Guten Abend, Herr Rohrpenn«, redete sie ihn an.

»Guten Abend«, erwiderte dieser den Gruß, indem er eine stramme Haltung annahm und seinen blonden Krauskopf entblößte. »Feines Wetter«, fuhr er fort, »und alle Aussicht, dass wir diese Brise eine Weile behalten werden. Kann sein, dass sie gegen Sonnenuntergang noch ein wenig auffrischt. Läuft der *Paladin* noch achtundvierzig Stunden so weiter, dann haben wir den Nordostpassat.«

»Wollens hoffen«, sagte Valeska lächelnd, »vorausgesetzt, dass uns das etwas nützen kann. Ich nehme an, dass Sie die Passatwinde meinen, über die uns Kapitän Lüdemann heute bei Tisch einen Vortrag gehalten hat.«

»Die meine ich«, antwortete Heinrich, ebenfalls lächelnd.

»Sagen Sie, Herr Rohrpenn«, begann Valeska wieder, nachdem sie das Rad und die dazugehörige Pinne samt den Ketten ein Weilchen nachdenklich betrachtet hatte, »könnten Sie das Steuer nicht festbinden und sich dann bequem hinsetzen, anstatt da zu stehen und das Rad festzuhalten, das Ihnen ja doch nicht davonläuft?«

Heinrich lachte. »Es sieht vielleicht so aus, als ob man das könnte«, sagte er. »Aber Sie haben keinen Begriff davon, wie launenhaft und eigenwillig so ein Schiff ist. Ich habe jetzt seit zehn Minuten das Rad nicht bewegt, und schauen Sie einmal achteraus über das Heck, wie schnurgerade unser Kielwasser sich dahinzieht. Wenn ich aber das Ruder festbinden wollte, genau so wie es gegenwärtig liegt, dann verginge sicher keine halbe Minute, dass das Schiff in den Wind aufliefe und alle Segel backschlügen.«

»Merkwürdig«, sagte Valeska und schüttelte den Kopf. »Und so lange Sie die Hand am Rad haben segelt das Schiff ohne abzuweichen geradeaus. Wie erklären Sie das?«

»Das kommt daher, weil ich das Schiff unablässig und scharf beobachte. Zeigt es die geringste Neigung vom Kurs abzuweichen, dann begegne ich ihm durch eine Bewegung des Ruders. Der leiseste Druck reicht bei dem ruhigen Wetter, das wir jetzt haben, um es wieder auf den rechten Weg zu bringen.«

»Ich verstehe«, lächelte Valeska, »der *Paladin* ist so gehorsam wie ein wohlerzogenes Kind. Es scheint durchaus nicht schwer zu sein, ihn zu leiten. Ich glaube, ich brächte es auch fertig.«

»Ganz gewiss brächten Sie das fertig«, erwiderte Heinrich, dem jetzt klar wurde, worauf die junge Dame es abgesehen hatte. »Möchten Sie es nicht einmal versuchen?«

»Sehr gern«, sagte sie, »ich wagte nicht, Sie um die Erlaubnis zu bitten, da ich meinte, das verstieße gegen den Schiffsbrauch und die nautischen Gepflogenheiten.«

»Durchaus nicht«, sagte Heinrich, »und außerdem weiß ich, dass Kapitän Lüdemann nichts dagegen einzuwenden haben würde. Wollen Sie die Güte haben, sich hierher auf die Gräting an meinen Platz zu stellen - hierher bitte, der Rudersmann steht immer auf der Luvseite.«

Valeska wechselte ihren Platz.

»So«, fuhr Heinrich fort, »nun fassen Sie diese Speiche mit der linken Hand und diese mit der rechten - vortrefflich, das ist die richtige Haltung. Jetzt werden Sie ein leises Beben im Rad spüren, nicht wahr?«

Valeska nickte.

»Das kommt daher, weil das Wasser sacht gegen das Ruder drückt, das ein wenig nach Luv liegt wie es bei jedem gut modulierten und richtig getakelten Schiff der Fall sein muss. Wenn Sie jetzt das Rad losließen, dann liefe das Schiff sofort in den Wind auf.« Er beobachtete das Schiff einen Moment aufmerksam, dann fuhr er in seiner Belehrung fort:

»Wir steuern jetzt *bei dem Wind* oder *voll und bei* wie man auch zu sagen pflegt. Sehen Sie das kleine Segel dort ganz oben im Großtopp? Das ist das Großoberbramsegel, auch Großreuel genannt. Es ist eine Kleinigkeit weniger scharf angebrasst, als die übrigen Segel. Wenn Sie das also voll halten, dann stehen die anderen Segel sicherlich ganz voll. Leuchtet Ihnen das ein?«

Valeska verstand.

»Sie werden nun ab und zu eine flatternde Bewegung des Luvlieks oder der äußeren Kante jenes Segels bemerken. Daran erkennen Sie, dass es nur soeben, aber nicht ganz vollsteht. Sie müssen nun dieses Luvliek im Auge behalten und dafür sorgen, dass es lose und flatternd bleibt. Hört das Flattern auf, dann ist das Segel unnötig voll und das Schiff liegt nicht dicht genug im Wind und Sie müssen das Rad eine Idee nach rechts drehen. Flattert und schüttelt sich das Segel zu heftig, dann liegt das Schiff zu dicht am Wind und Sie müssen das Rad ein klein wenig nach links drücken. Haben Sie alles verstanden?«

»Ich denke«, antwortete Valeska, indem sie die Lippen zusammenpresste, die Speichen fest mit den kleinen Händen umschloss und ihre ganze Aufmerksamkeit auf das Luvliek des Großoberbramsegels richtete.

Sie erwies sich als eine sehr fähige Schülerin, und wenn auch während der ersten zehn Minuten der Kurs des *Paladin* etwas schlängelnd war und sie zu der Erkenntnis kam, dass das Steuern in gerader Linie keineswegs eine so leichte und einfache Sache sei wie sie zuerst gemeint, so ließ der *Paladin* doch schon nach halbstündigem Unterricht ein so regelrechtes

Kielwasser hinter sich zurück, als wenn er sich in den Händen des erfahrenen Rudersmannes befände.

»Eine brave Leistung!«, rief Heinrich voll aufrichtiger Bewunderung. »Ich selbst hätte nicht besser steuern können!«

»Sehr liebenswürdig von Ihnen, Herr Rohrpenn«, entgegnete das junge Mädchen, »aber ich fürchte, ich verdiene das Lob nicht ganz. Während der letzten fünf Minuten habe ich nämlich nicht nach dem Großoberbramsegel wie Sie mir befahlen, sondern nach einem kleinen, dunklen Gegenstand gesteuert, der da vorn am Horizont sichtbar ist. Ich fand das bequemer ...«

»Ein dunkler Gegenstand am Horizont«, unterbrach sie Heinrich. »Wo? Aha, ich sehe schon! Schiff in Sicht!«, rief er dem in diesem Augenblick aus der Kajüte kommenden Kapitän zu. »Gerade voraus, von hier aus in einer Linie mit dem Kranbalken auf Steuerbord!«

Der Kapitän lugte in der angegebenen Richtung aus, dann schickte er Heinrich mit dem Teleskop zur Bramrah hinauf. Der blieb eine Viertelstunde lang dort oben sitzen und als er dann dem Schiffer Bericht erstattet hatte, da war dieser zu der Überzeugung gelangt, dass der fremde Segler kein anderer sein konnte, als der *Albatroß* seines Freundes Scherk.

»Steuermann Rupp!«, rief er diesem zu, der seine Pfeife rauchend, auf dem Hühnerhock saß. »Lassen Sie die Brassen, Fallen und Schoten anholen, jedem einen tüchtigen Pull! Die Segel hängen ja so schlaff wie Säcke unter den Rahen! Das Schiff da vorn ist der *Albatroß*, hören Sie? Der *Albatroß* ist das, und dem müssen wir nicht bloß auflaufen, sondern müssen ihn überholen!«

Der Obersteuermann erhob sich langsam, anstatt jedoch das Manöver von seiner Backbordwache allein ausführen zu lassen, rief er alle Mann zu dieser Arbeit. Der Ausdruck »Säcke« für die Segel, die er selber hatte trimmen lassen, kränkte ihn und nun wollte er in seinem Groll auch die Mannschaft unzufrieden machen. Es war dies so seine Art, darum war er auch bei allen an Bord unbeliebt.

»Da haben wir's, Maaten«, sagte Markus Wenzel, während er mit einigen anderen die Brassen steifholte. »Kaum ist ein anderes Fahrzeug in Sicht, da geht die Schererei und Hetzerei auch schon los. Habe ich euch das nicht vorausgesagt? Das ist erst der Anfang, aber so wird's immer gehen, sobald sich voraus ein Segler zeigt, denn der Alte ist versessen darauf, mit seinem neuen Klipper alle Mitsegler zu überholen. Ihr werdet sehen, dass ich recht habe.«

»Habt ihr unseren neuen Rudersmann gesehen?«, rief ein anderer lachend und wies mit einer Kopfbewegung auf Valeska Merk, die noch immer am Ruder stand.

»Meinst, dass wir keine Augen haben?«, entgegnete Wenzel. »Die Deern ist hübsch, aber bildet euch ja nicht ein, dass sie auch euch mal am Ruder ablösen wird - nee, Jungchens, das tut sie bloß bei Heinrich Rohrpenn, dem Schnösel, der noch nicht trocken hinter den Ohren ist und der dritte Steuermann vom Keppen wurde, weil der alte Rohrpenn ein Freund von ihm ist.«

Der Befehl war ausgeführt und die Steuerbordwache zog sich wieder in ihre Kojen zurück.

Während der Nacht frischte die Brise ein wenig auf, und am Nachmittag des anderen Tages war der *Paladin* dem *Albatroß* aufgelaufen. Die Schiffe segelten in einer Entfernung von kaum hundert Schritt nebeneinander her. Beider Passagiere standen längs der Reling des Achterdecks, denn solch eine Begegnung auf hoher See ist immer ein wichtiges Ereignis.

Die Kapitäne waren in ihre Kreuzwanten gestiegen und brannten auf den Moment, wo sich die Distanz zwischen ihren Fahrzeugen so weit vermindert haben würde, dass sie miteinander reden konnten.

Endlich, als Kapitän Lüdemann den *Paladin* dem *Albatroß* hatte so nahe kommen lassen, als die Vorsicht dies zuließ, nahm er seinen Strohhut ab und rief:

»Guten Tag, Keppen Scherk! Das ist aber mal eine angenehme Überraschung! Ich habe wirklich nicht erwartet, dich vor unserer Ankunft in Melbourne noch einmal zu sehen!«

»Guten Tag, Keppen Lüdemann!«, antwortete der andere. »Ja, wie das eben manchmal so kommt. Der Wind war so miserabel! Und dann meine Segel! Die sind so alt und dünn, dass man richtig durchsehen kann. Die Brise weht da durch wie durch ein Sieb. Aber jetzt will ich neue unterschlagen lassen, um mit dir Schritt halten zu können. Wenn wir dann in die Windstillen beim Äquator kommen, dann lade ich dich und deine Passagiere zu einem feinen Mittagessen auf dem *Albatroß* ein.«

»Wird dankbar angenommen«, erwiderte der Schiffer des *Paladin*. »Ich fürchte nur, dass du uns in deinem Kielwasser zurücklassen wirst, wenn du die neuen Segel in den Rahen hast. Inzwischen aber muss ich dir adjüs sagen, denn ich sehe, mein Klipper lässt sich nicht halten und will dir mit aller Gewalt vorbeilaufen.«

Damit lüftete Kapitän Lüdemann abermals den Hut und sprang aus der Kreuzwant wieder an Deck hinab.

Kapitän Scherk tat das gleiche, aber er ärgerte sich, denn er musste sich gestehen, dass der *Paladin* seinen *Albatroß* geschlagen habe - vorläufig wenigstens. Wenn aber die neuen Segel untergeschlagen waren, dann sollte die Scharte ausgewetzt werden und mit Leichtigkeit, wie er zuversichtlich hoffte.

Die Schiffe kamen einander bald aus Sicht.

Am siebten Tage nach dieser Begegnung verkündete Kapitän Lüdemann seinen Passagieren beim Abendessen, dass man nunmehr in die Mallungen gelangt sei.

»In die Mallungen?«, fragte Valeska. »Was ist darunter zu verstehen?«

»Darunter ist der äquatoriale Stillengürtel zu verstehen«, antwortete der Schiffer, »die Gegend, in der die Winde sehr veränderlich oder *mall* sind und oft auch ganz ausbleiben«. Der Nordostpassat hat uns so dicht an die Linie herangebracht, dass ich schon hoffte, er würde uns darüber hinauswehen. Aber wir müssen zufrieden sein. Wir sind jetzt sechzig Seemeilen vom Äquator entfernt. Auf meiner letzten Reise lag ich schon hundert Meilen nördlich von ihm in einer Windstille. Ich denke, die jetzige wird nicht lange anhalten. Auch haben wir Gefährten im Unglück. Vom Deck aus sind nicht weniger als fünfzehn Segel in Sicht. Den *Albatroß* habe ich darunter nicht erkannt.«

Es war sehr schwül in der Kajüte, die Passagiere verfügten sich daher bald wieder an Deck.

Am nächtlichen Firmament funkelten die Gestirne in zauberhafter Pracht und bei ihrem Leuchten, verbunden mit dem Schein des jungen Mondes, konnte man hier und da die schattenhaften Formen einiger »Gefährten im Unglück« erkennen. Die roten oder grünen Seitenlaternen zeigten die Lage derselben an und warfen lange, farbige, zitternde Lichtstreifen über die glatte Oberfläche der See.

An Bord eines jener Fahrzeuge spielte jemand auf der Harmonika und sang ein Matrosenlied dazu. Das Schiff lag ungefähr eine Meile entfernt und doch waren die Töne, wenn auch leise, so doch ganz klar und deutlich vernehmbar.

Auf dem *Paladin* war alles still. Nur die Segel schlugen und scheuerten mit sanftem Rauschen gegen die Stengen. Ab und zu hörte man auch den Kapitän nach dem Wind pfeifen.

Die See war angefüllt mit starkem Phosphorschimmer. Die beiden Kinder - des Doktors Cellarius kleines Mädchen und Herrn Eisenlohrs kleiner Bub - standen unter des letztgenannten Herrn Aufsicht an der Heckreling und beobachteten voll Freude die grünlich leuchtenden Funken und Feuerwolken, die durch die träge rollende Bewegung des Schiffes an dessen Achtersteven und Ruder hervorgebracht wurden.

In der Tiefe des Wassers zeigte sich jetzt ein großer, lichter Fleck, einem Stück Mondschein vergleichbar. Er stieg höher und höher, wurde heller und heller und nahm eine bestimmte Form an. Als er sich dicht unter der Oberfläche befand, erkannte man in ihm einen riesenhaften Hai, der von der Schnauze bis zum Schweif in lichten Nebel wie in einen wallenden Schleier gehüllt war. Das Tier hielt sich dicht unter dem Heck und schwamm hier eine ganze Weile langsam hin und her, so dass sämtliche Passagiere es mit Muße betrachten konnten. Plötzlich fuhr es blitzschnell herum und schoss davon in gerader Richtung auf eins der anderen Fahrzeuge zu, wobei es einen langen Streif silbernen Phosphorlichtes hinter sich herzog.

Gleich darauf hörte man in der Ferne einen lauten Plumps ins Wasser, einen kreischenden, schrecklichen Aufschrei, dann ein Gewirr von Stimmen und dazu das polternde Geräusch, das bei dem hastigen Aufsetzen eines Bootes entsteht.

»Horch!«, rief Frau Eisenlohr erschrocken, »was mag das zu bedeuten haben?«

Einer der Matrosen kam achteraus.

»An Bord von der Bark dort muss etwas passiert sein«, sagte er zu dem Obersteuermann, der auf seinem bevorzugten Platz, dem Hühnerhock, saß. Der Kapitän befand sich in der Kajüte.

»Das geht uns nichts an«, entgegnete Rupp mürrisch, ohne von seinem Sitz aufzustehen.

»Haben Sie jemals einen so rohen und widerwärtigen Menschen gesehen?«, wandte sich Frau Eisenlohr leise an Valeska Merk.

»Niemals«, antwortete diese. »Ich werde froh sein, wenn ich das Schiff verlassen kann, weil ich ihm dann nicht mehr zu begegnen brauche.«

Das Aufleuchten des Wassers unter den Riemenblättern ließ erkennen, dass die Bark ein Boot zu Wasser gebracht hatte. Man konnte wahrnehmen wie es eine Zeitlang hin und her ruderte, endlich aber wieder zu der Bark zurückkehrte. Man hörte die Blöcke quietschen, als es binnenbords gehisst wurde und damit hatte die Sache für diesen Abend ein Ende.

Während dieser Nacht kam eine der in dieser Gegend häufigen kleinen Böen aus Westen herangezogen und brachte einen heftigen Regenschauer mit. Der Wind hielt beinahe eine Stunde an und ermöglichte es der kleinen Flotte, eine Strecke von etwas vier Meilen weiter zu kommen. Einige Fahrzeuge segelten in nördlicher Richtung, andere strebten nach Süden.

Der nächste Morgen brachte abermals eine Windstille. Allein gegen zehn Uhr vormittags kam eine leichte Brise von Süden her durch und die Schiffe taten alles, sich dieselbe zunutze zu machen.

Der *Paladin* lag mit dem Bug nach Westen, die erwähnte Bark nach Osten. Als die schwache Brise ihre Segel füllte, begannen sie sich einander zu nähern.

Kapitän Lüdemann war von dem geheimnisvollen Vorfall, der sich am vergangenen Abend an Bord der Bark zugetragen hatte, unterrichtet worden. Er beschloss daher, den Schiffer jenes Fahrzeugs um Auskunft zu fragen, sobald man dem Letzteren nahe genug sein würde. Vorausgesetzt, dass die Brise so lange anhielt. Zuerst erschien dies zweifelhaft. Als die Fahrzeuge noch eine Kabellänge voneinander entfernt waren, kam ein stärkerer Windstoß, der wieder abflaute, gerade als der *Paladin* langsam achter dem Heck der Bark entlangstrich. Die Gelegenheit zum Anpreien war also da. Die Kapitäne teilten einander die Namen ihrer Schiffe und deren Bestimmungsorte mit, dann die Zahl der bereits auf der Reise zugebrachten Tage und so weiter. Als dies ordnungsgemäß geschehen war, fuhr Kapitän Lüdemann fort:

»Hat sich gestern Abend bei Ihnen an Bord etwas Besonderes zugetragen? Einige meiner Leute wollen etwas Ungewöhnliches gehört haben.«

»Ja«, antwortete der andere, »es ist ein großes Unglück geschehen, ich habe einen meiner besten Matrosen verloren. Der unselige Mensch hatte es sich in den Kopf gesetzt, über Bord zu springen und um die Bark herumzuschwimmen um sich zu erfrischen. Ich hatte keine Ahnung von diesem törichten Vorsatz. Er sprang von dem Steuerbord-Kranbalken kopfüber ins Wasser, hatte seine Schwimmfahrt auch beinahe vollendet, da fasste ihn plötzlich ein Hai und riss ihn mit sich hinunter in die Tiefe - vor aller Augen! Und nun wünsche ich Ihnen eine glückliche Reise.«

Die Schiffe entfernten sich langsam voneinander und die kurze Unterhaltung hatte ein Ende.

»Gütiger Himmel, wie schrecklich!«, rief Herr Eisenlohr, sich zu den übrigen Passagieren wendend, die mit ihm der Schilderung des Unglücksfalles gelauscht hatten. »Das muss derselbe Hai gewesen sein, den wir in der letzten Nacht unter unserem Heck beobachteten. Da er sich im Wasser befand musste er das Geräusch, das der in die See springende Mann verursachte, schon eher vernommen haben als wir. Darum schwamm er auch so eilig davon und direkt auf die Bark zu. Und wir, die wir ihm nachschauten, hatten keine Ahnung von dem was er im Schilde führte!«

Noch im Lauf desselben Vormittags nahm der Himmel nach und nach ein so drohendes Aussehen an, dass Kapitän Lüdemann vorsichtshalber alle kleinen Segel festmachen ließ, so dass nichts mehr stehen blieb, als das Marssegel, die Untersegel, Vorstengestagsegel, Klüver und Besan.

Wie gerechtfertigt diese Maßnahme war, zeigte sich bereits, als man bei Tisch saß: Urplötzlich fing es heftig an zu donnern und zu blitzen und zehn Minuten später ging mit ohrenbetäubendem Rauschen ein ungeheurer Platzregen nieder. Der Tag verwandelte sich in Nacht, die jedoch auf einmal wieder durch einen grellen gelben Schein erhellt wurde, ein Phänomen, das den Schiffer veranlasste, aufzuspringen und in größter Eile an Deck zu rennen. Sein erster Blick war nach Osten gerichtet, nach der Gegend von der der Schein ausging und hier gewahrte er, dass die dichte schwarze Wolkenmasse, die sich über das ganze Firmament ausbreitete, an einer Stelle zerrissen war und ein sich schnell vergrößerndes Stück bleichen, strohfarbenen Himmels durchblicken ließ.

Die ganze See war so schwarz wie Tinte, ausgenommen unterhalb jenes Wolkenrisses. Dort zeigte sich ein langer Streif schneeweißen Schaumes, der mit rasender Schnelligkeit gegen das Schiff herangerollt kam.

Klaus, der zweite Steuermann, der die Wache an Deck hatte, stand auf dem Kampanjedeck und betrachtete diese unheimliche Erscheinung mit unruhigem Gesichtsausdruck, der jedoch sogleich verschwand, als er den Kapitän erscheinen sah.

»Das sieht wie eine schwere Bö aus«, sagte er.

Kapitän Lüdemann aber hatte keine Zeit, auf diese Worte zu hören.

»Los die Marssegelfallen!«, brüllte er über das Deck. »Los Leute, sonst gehen die Masten zum Teufel!«

Der *Paladin* hatte Patent-Marsrahen. Als die Mannschaften der Wache die Fallen losgeworfen hatten, begannen die Rahen im Herabkommen sich um sich selbst zu drehen und die Marssegel so lange aufzurollen, bis sie mit den Kappen der Untermasten in gleicher Höhe waren. Damit waren alle drei Marssegel zugleich dicht gereeft, ohne dass die Mannschaft es nötig gehabt hätte, sich auf die Rahen zu begeben, und die Segel in alter Weise mittels der Reefzeisinge zu verkleinern.

Diese Patent-Marsrahen waren damals eine neue Erfindung, die sich jedoch nicht lange hielt und schon nach wenigen Jahren den doppelten Marsrahen weichen musste.

Der Schiffer hatte die Absicht, auch die Untersegel aufgeien und bergen zu lassen - die Fock, das Groß- und das Begiensegel - allein das war nicht mehr ausführbar, weil die Bö mit fürchterlicher Geschwindigkeit herankam.

Es blieb dem wackeren *Paladin* daher nichts übrig, als den gewaltigen Druck dieser Segel auszuhalten und das gelang ihm auch, da Kapitän Lüdemann ihn platt vor den Wind bringen ließ. Sobald es möglich war, wurde er auf südlichen Kurs gelegt und so jagte er mit der Bö dahin, wie ein fliehendes Wild, wobei die Sprühwellen in solchen Massen über die Leereling hereinbrachen, dass das ganze Deck eine einzige wirbelnde Schaumbrandung bildete.

Die größte Wut der Bö hatte sich innerhalb einer Viertelstunde ausgetobt, aber der Sturmwind wehte noch mit Heftigkeit bis in den Spätnachmittag hinein. Dann legte er sich, und die Mannschaft konnte nun die Marsrahen ein kurzes Stück höher heißen, also gleichsam ein Reef ausstecken.

Gegen sechs Uhr standen wieder die vollständigen Marssegel. Die See hatte sich beruhigt und das Firmament aufgeklärt. Um zehn Uhr abends ließ der Schiffer die Bramsegel setzen und gab dann den Passagieren die tröstliche Versicherung, dass sie eine ruhige Nacht haben würden und dass er glaube, nunmehr endlich den Südostpassat erreicht zu haben.

Zweites Kapitel

Die umgefallene Bark.
Wie der Ingenieur Eisenlohr ein braves Stück vollführt.
Obersteuermann Rupp als Kommandant der »Viktoria«.
Ein trauriges Ereignis. - Heinrich im Palstek.

Alle Mann an Bord und auch die Passagiere waren froh, das Gebiet der Mallungen so glücklich hinter sich gelassen zu haben. Am aufgeräumtesten von allen war der Kapitän Lüdemann. Er hielt es für ganz unmöglich, dass der *Albatroß* in weniger als drei Tagen, von jetzt an gerechnet, den Äquator erreichen könnte, und dabei lief der *Paladin* dicht an den Wind gepresst und trotz einer starken Gegensee seine acht, neun und nicht selten auch zehn Knoten. Es war etwa zehn Uhr morgens. Ein Mann saß auf der Luvnock der Vormarsrah, verrichtete dort ein Stück Arbeit und spähte dabei nach Art der Seeleute ab und zu nach allen Richtungen über die See, neugierig, ob in der unermesslichen Runde sich vielleicht etwas zeigen würde.

Plötzlich grölte er: »Da ist ein Wrack oder so etwas Ähnliches in Sicht! Ein paar Meilen entfernt!«

Kapitän Lüdemann befand sich an Deck, ebenso Heinrich Rohrpenn, der dritte Steuermann. Auf Befehl des Schiffers holte der junge Mann das Teleskop aus der Kampanjeluk und sprang damit zum Bramfalling hinauf. Von diesem erhabenen Standpunkt suchte er mit dem Glas die See ab und hatte auch bald den gemeldeten Gegenstand gefunden.

»Nun, Heinrich, was ist es?«, rief der Schiffer ihm zu.

»Das ist schwer zu erkennen«, antwortete er, »das Ding treibt gerade an einer Stelle, an der das Wasser am meisten blendet, so dass ich nur einen dunklen Fleck sehe. Ich möchte es aber für ein Wrack halten, das so auf der Seite liegt, dass seine Segel unter Wasser sind.«

»Oha«, sagte der Schiffer. »Wir müssen darauf abhalten. Wir dürfen an einem Fahrzeug, das sich in solcher Not befindet, nicht vorbeisegeln ohne es näher anzusehen. Siehst du Leute an Bord?«

»Nein«, antwortete Heinrich. »Aber sollten auch welche an Bord sein, von hier aus wären sie nicht zu erkennen.«

»Das ist richtig«, murmelte der Schiffer und dann rief er wieder: »Du, Heinrich, höre! Bleib da wo du bist und melde mir, wenn wir das Wrack zwei oder drei Strich achterlich haben und ob inzwischen irgendwo ein Boot in Sicht kommt.«

»Jawoll, Kapitän!«, rief Heinrich zurück und setzte sich bequem - wie die Seeleute sagen *macklig* - zurecht; zum geheimen Entsetzen von Valeska Merk, die seine Bewegungen aufmerksam beobachtete und jeden Augenblick fürchtete, den jungen Mann herabstürzen zu sehen. Denn das Schiff stampfte ziemlich heftig und Heinrich gebärdete sich so sorglos und ungezwungen, als säße er auf einer grünen Wiese und nicht auf zwei längeren und drei kürzeren einander kreuzenden Latten. Nach einer Weile rief er wieder:

»Ich denke, wenn wir jetzt über Stag gehen, dann kriegen wir das Wrack mit dem ersten Schlag. Es ist ein platt auf der Seite liegendes Schiff. Boote sind nicht in Sicht.«

»Schön, mein Junge«, erwiderte der Kapitän. »Bleib noch eine Weile da oben sitzen. Steuermann Rupp, wir wollen über Stag gehen!«

»Jawoll, Kaptein!«, war die Antwort.

Innerhalb einer Minute stand jeder Mann der Wache an dem ihm für das Manöver des »Wendens« angewiesenen Posten.

»Klar zum Wenden!«, erscholl des Schiffers Kommando. »Ruder in Lee!«

»Ruder in Lee!«, wiederholte der steuernde Matrose und drehte das Rad nieder, so schnell es ihm möglich war. Die Matrosen nahmen die aufgeschossenen Brassen und andere Leinen von den Koffeenägeln und warfen sie an Deck, fertig zum Holen. Das Schiff luvte prompt in den Wind auf.

»Halfen und Schoten!«, rief der Kapitän. Schnell folgten die übrigen Kommandos und schon nach zwei Minuten lag der

Paladin über dem anderen Bug und steuerte auf das Wrack zu, während die Matrosen die Halfen der Fock und des Großsegels mit Hilfe der kleinen »Dör-de-Hand« genannten Talje so straff wie möglich niederholten.

Jetzt dachte Kapitän Lüdemann nicht an sein Wettsegeln und den *Albatroß*. Ihm lag vor allem die Rettung der etwa noch an Bord des Wracks befindlichen Schiffbrüchigen am Herzen.

Nach Verlauf einer Stunde lag der *Paladin* beigedreht in Lee des verunglückten Fahrzeugs, das sich als eine schöne hölzerne Bark erwies, die gänzlich umgefallen war, so dass ihre Masten der ganzen Länge nach flach im Wasser lagen.

Obgleich sich keine lebende Seele an Bord der Bark blicken ließ, so befahl der Schiffer dennoch, eins der Boote zu Wasser zu bringen und sandte den Obersteuermann ab, mit der Weisung, das Wrack zu untersuchen. Herr Eisenlohr bat, den Steuermann begleiten zu dürfen, was ihm auch gern gestattet wurde.

Obgleich die See nicht sehr hoch ging, so wurde es den Abgesandten doch nicht leicht, das Schiff zu erklettern, dessen Deck senkrecht wie eine Mauer aus dem Wasser ragte. Es gelang ihnen aber schließlich dennoch. Herr Eisenlohr und der Steuermann fassten Fuß in den flach liegenden Wanten, und das Boot erhielt Befehl, sich wieder eine Strecke zurückzuziehen, um in dem Gewirr der Takelung nicht in Gefahr zu geraten.

Schwieriger noch als an Bord zu gelangen, war die Untersuchung der Kajüte und des Mannschaftsraumes, die beide in Deckhäusern befindlich waren. Aber auch das wurde bewerkstelligt und zwar mit Hilfe von Leinen von der nach oben gekehrten Schiffsseite aus. Man fand jedoch nichts als leere Kisten und Kasten und umherliegende Kleidungsstücke und aus allem war zu ersehen, dass die Bark in größter Hast verlassen worden war und zwar erst innerhalb der letzten vierundzwanzig Stunden. Das Boot wurde zurückgerufen, und wenige Minuten später befanden sich seine Insassen wieder an

Bord des *Paladin*, wo Steuermann Rupp dem Kapitän Bericht erstattete.

»Hm«, sagte dieser zögernd, »ich meine, dann bleibt uns weiter nichts übrig, als das Boot binnenbords zu nehmen und wieder aufzubrassen.«

»Ja«, erwiderte der Steuermann gleichgültig, »etwas anderes ist da wohl nicht mehr zu machen.«

»Na, dann lassen Sie das Boot ...«

»Verzeihung, Kapitän Lüdemann«, unterbrach Herr Eisenlohr, »darf ich mir eine Bemerkung gestatten?«

»Lassen Sie hören«, nickte der Schiffer.

»Meiner Ansicht nach wäre es schade, das Schiff im Stich zu lassen«, fuhr Eisenlohr fort. »Es scheint nicht viel Schaden gelitten zu haben und auch nur wenig Wasser ist im Raum zu sehen. Warum wollen Sie nicht versuchen, es wieder aufzurichten? Es fehlen ihm, so viel ich wahrnehmen konnte, nur die Vor- und Großbramstengen. Dieser Schaden ist bald ausgebessert. Leck ist die Bark sicher nicht, sonst läge sie nicht so elastisch auf dem Wasser. Wenn Sie sie wieder segelfähig machen und in den nächsten Hafen bringen lassen, dann gewinnen Sie dabei ein hübsches Stück Bergegeld, besonders wenn die Ladung einigermaßen wertvoll ist. Der Schiffer sann eine Weile nach.

»Der Gedanke ist mir auch schon gekommen«, sagte er dann, »da aber Steuermann Rupp nichts davon sagte, so dachte ich, dass das Ding nicht ausführbar wäre.«

»Es ist sehr wohl ausführbar«, entgegnete Eisenlohr. »Wir Ingenieure bringen oft genug Dinge zustande, die andere Leute für unmöglich halten und ich gestehe, dass ich in dieser Angelegenheit keine Schwierigkeit zu sehen vermag. Ich glaube, dass die Bark gegenwärtig nur durch das Gewicht des Wassers in ihren Segeln niedergehalten wird.«

In kurzen Worten legte er dem Schiffer seinen Plan dar, der diesem so überzeugend erschien, dass er sich entschloss, die Aufrichtung des Wracks zu unternehmen.

Zum zweiten Mal fuhr das Boot zu der umgefallenen Bark hinüber, bemannt von vier Matrosen und dem energischen Ingenieur, der eine dünne Leine und eine Axt mitgenommen hatte. Sie landeten wie beim ersten Mal in der Großwant, und während sie hier warteten, rojte das Boot zurück und holte vom *Paladin* eine lange aber leichte Stahltrosse. Mit dieser begab es sich nach der Kielseite der Bark. Die Leute auf der anderen Seite warfen ihm ein Ende der mitgebrachten Leine zu. Hieran wurde die Stahltrosse befestigt und dann nicht ohne Mühe über das Schiff hinweg nach der Deckseite geholt und am Großmast zwischen Großrah und Mars sorgfältig festgemacht.

Jetzt gab der Ingenieur dem inzwischen eine Strecke weggetriebenen *Paladin* ein Signal, worauf dieser sein Großmastsegel wieder füllte und herankam, während die Mannschaft die Untersegel, Bram- und Oberbramsegel aufgeite, so dass nichts als die drei Marssegel, Klüver und Besan stehen blieben. Kapitän Lüdemann brachte nun sein Schiff so dicht an die Bark heran, dass zwischen der Kielseite derselben und dem *Paladin* kaum noch Platz für das dort liegende Boot übrigblieb. Im rechten Moment ließ er das Großmarssegel wieder backbrassen wodurch das Schiff zum Stillstand kam. Ein feines Manöver, das nicht viele Schiffer ihm nachgemacht hätten.

An einer Leine, die aus dem Boot an Bord des *Paladin* geworfen wurde, war das andere Ende der Trosse festgesteckt, das der Schiffer mit mehreren Törns um die Betings des Ankerspills nehmen ließ. Die Kielseite der umgefallenen Bark war zugleich deren Leeseite. Durch geschicktes Manövrieren mit den Segeln wurde der *Paladin* mit dem Bug gegen den Wind gelegt und auf diese Weise gezwungen über Steuer zu gehen oder achteraus zu sacken. Die Trosse wurde straffer und endlich so steif wie eine Eisenstange. Die Marsrahen wurden vierkant gebrasst und der Wind begann nun kraftvoll und stetig auf die Segel zu drücken. Man erwartete die Wirkung mit atemloser Spannung. Das Boot blieb bei der Bark, um den

Ingenieur und die Matrosen aufzunehmen, wenn sich etwas ereignen sollte, was dies nötig machen würde.

Minuten vergingen, die Trosse stand wie eine Klavierseite, aber die Wirkung ihres gewaltigen Zuges war nicht zu bemerken.

Plötzlich stieß der Ingenieur einen triumphierenden Ruf aus.

»Hurra, sie hebt sich!«, scholl es zum *Paladin* herüber. »Klar bei der Trosse dort drüben! Schmeißt los, wenn ich es sage!«

Ja, die Bark hob sich langsam, erst kaum merklich, dann schneller, bis die Masten mit dem Horizont einen Winkel von etwa fünfundvierzig Grad bildeten. Dann aber schnellte das Fahrzeug plötzlich mit einem solchen Ruck empor, dass die auf ihm befindliche kleine Schar sich mit aller Macht festklammern musste, um nicht über Bord geschleudert zu werden. Mehrmals noch rollte die Bark schwer nach Backbord und Steuerbord, dann aber blieb sie in bestem Gleichgewicht und auf ebenem Kiel liegen. Aus ihren Segeln ergossen sich ganze Wasserfluten hernieder an Deck und durchnässten Herrn Eisenlohr und die Matrosen bis auf die Haut. Kapitän Lüdemann ließ die Trosse loswerfen, ohne den Ruf des Ingenieurs abzuwarten. Sie wurde später von der Mannschaft des Bootes wieder an Bord gebracht. Der Ingenieur ließ zunächst die nassen Segel der Bark backbrassen, dann peilte er den Pumpensod und stellte fest, dass sich fünf Fuß Wasser im Raum befanden. Steuermann Rupp wurde mit einer starken Abteilung Matrosen an Bord geschickt um die Bark auszupumpen, und eine viertelstündige Arbeit reichte hin, ihm zu zeigen, dass das Fahrzeug vollkommen dicht war. Das Wasser konnte nur in den Raum gelangt sein, als es auf der Seite gelegen hatte. Gegen vier Uhr nachmittags schlugen die Pumpen lens.

Aus den Schiffspapieren ging hervor, dass die Bark, an deren Galion und Heck der Name *Viktoria* zu lesen stand, in Aberdeen zu Hause war und dass der Kapitän Andersen hieß. Sie hatte sich auf der Fahrt von Port Natal nach London befunden und war dreiunddreißig Tage in See als der *Paladin* sie entdeckte. Ihre Ladung war daher ein schätzenswerter Fund und wohl wert der Mühe und Zeit, die man auf sie verwendete. Die letzte Notiz im Logbuch war um die Mittagszeit des vorigen Tages eingetragen worden, woraus Kapitän Lüdemann mit Recht folgern konnte, dass die *Viktoria* in einer ebensolchen Bö gekentert war, wie den *Paladin* getroffen und auch wohl um dieselbe Zeit.

Eine weitere Untersuchung ergab, dass der Proviant der *Viktoria* vom Wasser unversehrt geblieben und auch noch in großen Mengen vorhanden war ebenso die Wasservorräte. Kapitän Lüdemanns Entschluss war nun bald gefasst. Er versammelte die Zwischendeckspassagiere um sich und fragte, wer von ihnen willens sei, an Bord der geretteten Bark zu gehen, dort Schiffsdienste zu nehmen und das Fahrzeug nach Aberdeen in Schottland bringen zu helfen. Sie sollten nicht nur volle Matrosenheuer, sondern auch einen Anteil vom Bergegeld dafür erhalten. Nach Australien könnten sie dann immer noch kommen. Die Männer hielten einen kurzen Rat unter sich und dann erklärten sich die meisten von ihnen bereit, das Anerbieten anzunehmen. Nun rief der Schiffer die *Viktoria* an und eröffnete dem Steuermann Rupp, dass er beschlossen habe, ihn mit der Bark nach Aberdeen zu senden. Rupp war einverstanden. Von den Matrosen meldete auch Tim Thode sich freiwillig zu der Fahrt.

Als der Abend herniedersank, trennten sich die Fahrzeuge voneinander, nachdem Heinrich Rohrpenn und die Kajütspassagiere dem Obersteuermann Rupp, jetzt Kommandant der *Viktoria* noch Briefe für ihre Angehörigen und Freunde daheim mitgegeben hatten.

Es mag an dieser Stelle mitgeteilt werden, dass die *Viktoria* glücklich in England anlangte, zwanzig Tage nach dem Eintreffen der Besatzung und der Passagiere, die die Bark nach deren Kentern verlassen hatten und dass die Briefe ihre Bestimmungsorte erreichten.

An Bord des *Paladin* waren jetzt einige Veränderungen nötig geworden. Der freigewordene Posten des

Obersteuermanns wurde dem bisherigen zweiten Steuermann Klaus übertragen und an dessen Stelle rückte Heinrich Rohrpenn ein. Markus Wenzel wurde zum Bootsmann befördert.

In dem heftigen Südostpassat verfolgte der *Paladin* hart am Winde segelnd seinen Weg. Das Wetter war fein, die See ruhig, und so erachtete Valeska Merk die Gelegenheit für günstig, sich in der Kunst des Steuerns weiter zu vervollkommnen.

Als zweiter Steuermann war Heinrich Rohrpenn der Verpflichtung, einen Rudertörn wahrzunehmen, enthoben - er hatte jetzt das Kommando der Steuerbordwache, aber Valeska ließ sich dadurch nicht beirren, im Gegenteil, sie verstand noch Vorteil daraus zu ziehen.

Hatte sie vorher mit ihren Übungen warten müssen, bis die Reihe an Heinrich gekommen war, so passte sie jetzt einfach den Moment ab, wo er nichts Besonderes zu tun hatte. Dann trat sie an ihn heran und sagte: »Würden Sie wohl so gütig sein, mir eine Steuerlektion zu erteilen, Herr Rohrpenn?«, und sie konnte sicher sein, dass der junge Mann ihren Wunsch mit Freuden erfüllte. »Peter oder Hans, oder Krischan«, oder wie der steuernde Matrose gerade heißen mochte, sagte er zu diesem: »Valeska Merk will dich ablösen. Lauf nach vorn und tu dies und das.«, worauf dann der brave Janmaat stets innerlich kichernd nach vorn trabte.

Es lag in der Natur der Sache, dass dieser Steuerunterricht die beiden jungen Menschenkinder einander immer näher brachte und eine Art von Kameradschaft zwischen ihnen entstehen ließ. Dem Schiffer entging dies nicht, ebenso wenig den Matrosen, die alle den jungen »Zweiten« sehr gern hatten, weil er mit ihnen stets auf freundschaftlichem Fuße gestanden hatte. Sie sahen in der »Eroberung«, die er ihrer Meinung nach gemacht hatte, fast ein Kompliment für sich selbst, einen Triumph, zu dem auch sie beigetragen hatten, indem sie der jungen Dame so oft den Platz am Ruder geräumt hatten.

Kurze Zeit darauf wurden alle Gemüter an Bord von einem traurigen Ereignis tief bewegt. Der *Paladin* hatte die östliche

Seite des Kaps erreicht. Eine frische Brise wehte aus nördlicher Richtung, die Kapdünung rollte hoch und schwer und das Schiff rauschte mit einer Fahrt von neun Knoten durch die schäumende Flut. Kapitän Lüdemann, Obersteuermann Klaus und Heinrich standen auf dem Kampanjedeck, jeder mit seinem Sextanten beschäftigt, denn die Mittagsstunde kam heran und es galt, die Sonne zu nehmen.

Auf einmal holte das Schiff stark nach Lee über. Klaus verlor das Gleichgewicht, konnte sich nicht halten und kam ins Rennen. Ob er sich nun nicht helfen konnte, weil er seinen Sextanten nicht in Gefahr bringen wollte, oder ob etwas anderes ihn hinderte sich festzuklammern, er stürzte über das niedrige eiserne Geländer, das an Stelle einer Reling rings um das Kampanjedeck herlief und fiel kopfüber in die See.

»Mann über Bord!«, brüllte der am Ruder stehende Matrose, und zu gleicher Zeit stießen die Damen, die den Unfall bemerkt hatten, laute Angstrufe aus. Der Schiffer und Heinrich legten ihre Sextanten eiligst nieder an Deck und sprangen dann zur Heckreling. Von hier aus sahen sie den Hut des Verunglückten ein paar Bootslängen entfernt auf dem Kamm einer hohen See.

»Er kann nicht schwimmen!«, rief Heinrich dem Kapitän zu, und noch ehe der Letztere ihn daran hindern konnte, nahm er einen kurzen Anlauf und sprang über das Geländer hinunter in das wildschäumende Kielwasser des Schiffes.

»Ruder nieder!«, rief der Kapitän dem steuernden Matrosen zu, indem er zugleich zur Leegroßbrasse sprang und dieselbe loswarf. Die Matrosen mitschiffs und vor, die den Ruf »Mann über Bord!« gehört hatten, eilten ebenfalls an die Brassen und so verging kaum eine Minute, bis das Schiff mit aufgegeitem Großsegel beigedreht lag. Nachdem dies bewerkstelligt war, rannte Markus Wenzel, der Bootsmann, mit der Behändigkeit einer Katze auf den Saling und lugte von hier über die See hinaus in der Richtung, wo die beiden über Bord gegangen waren.

»Sehen Sie etwas von ihnen, Bootsmann?«, rief Kapitän Lüdemann.

»Einen sehe ich«, war die Antwort, »aber wer es ist, kann ich nicht erkennen. Es kann aber nur Heinrich sein, denn er schwimmt hin und her, als wenn er nach dem Steuermann suchte.«

»Behalten Sie ihn im Auge und verlieren Sie ihn nicht, Bootsmann!«, rief der Kapitän. Dann wandte er sich zu den Matrosen, die achteraus gekommen waren und den Schwimmer zu erspähen suchten.

»Was!«, fuhr er auf sie ein, »habt ihr noch keine Anstalt gemacht, ein Boot zu Wasser zu bringen? Schämt euch! Vorwärts!« Die Leute gingen zu den Davits und machten sich mit den Bootstaljen zu schaffen, wobei sie eifrig miteinander redeten, dann aber kam einer von ihnen auf den Schiffer zu und fragte: »Wohin sollen wir das Boot ablassen, Kaptein? Das hat doch keinen Sinn. Bei der See kriegen wir es nie mehr hoch.«

Der Schiffer stampfte wütend das Deck, aber der Mann hatte recht, das Boot musste an der Schiffsseite zerschellen, sobald es das Wasser berührte und dann gingen noch mehr Menschenleben verloren. Was war da zu tun? Er konnte jene beiden doch nicht zugrunde gehen lassen, ohne alles zu ihrer Rettung zu versuchen.

»Sehen Sie den einen noch immer, Bootsmann?«, rief er.

»Ja, Kaptein«, antwortete Wenzel, »aber von dem anderen ist nichts zu sehen.«

»Wir müssen ihn um jeden Preis retten!«, rief der Kapitän. »Backbord das Ruder! Hart Backbord! Brasst voll!«

In diesem Augenblick kam Valeska Merk herbei. Sie hatte von des Schiffers Rede nur die letzten Befehle vernommen. Ihr Gesicht war bleich. Sie trat dicht vor den Schiffer hin und fragte mit bebender Stimme: »Wie, Kapitän Lüdemann, ist es möglich? Können Sie so herzlos und grausam sein, den armen Heinrich Rohrpenn ertrinken zu lassen, ohne auch nur das Geringste zu seiner Rettung zu wagen?«

»Nein, nein«, antwortete der alte Seemann, »er soll gerettet werden, wenn das in menschlicher Macht steht. Sie aber bitte ich, unter Deck zu gehen und auch die anderen Damen dazu zu bereden.«

Diesem Wunsch Folge zu leisten, war dem jungen Mädchen jedoch unmöglich. Sie ging achteraus, stellte sich an die Heckreling und ließ ihre Blicke angstvoll suchend über die wilden Wasser schweifen. Dabei bebte sie vor Ungeduld über die anscheinend so trägen und lässigen Bewegungen des Schiffes und doch hatte dieses sich nie leichter zu handhaben gezeigt als gerade jetzt. Es schien ein geradezu menschliches Verständnis für das zu haben, was notwendig war. Eine kurze Strecke lief es platt vor dem Wind, bis es genügende Geschwindigkeit erreicht hatte, dann drehte es, dem Ruder prompt gehorchend, schnell in den Wind auf und ging über Stag, leicht und graziös wie eine Jacht.

Wenzel hatte inzwischen die Oberbramrah erstiegen, um einen weiteren Gesichtskreis zu erlangen. Dabei verlor er jedoch den winzigen Punkt auf der Oberfläche der See aus den Augen.

Alle Mann an Bord waren der Ansicht, dass keiner so weit und so scharf zu sehen vermöge, wie Markus Wenzel, aber so angestrengt dieser jetzt auch ausspähen mochte, den Kopf des Schwimmers fand er nicht wieder.

»Sehen Sie ihn immer noch, Bootsmann?«, fragte der Schiffer von neuem. »Nein«, antwortete Wenzel.

Zwei Minuten verstrichen, die der armen Valeska zu Ewigkeiten wurden, dann kam der Schwimmer dem Bootsmann wieder in Sicht.

»An Deck da!«, grölte er freudig aus aller Lungenkraft.

»Hallo!«, brüllte antwortend der Schiffer in froher Erwartung.

»Ich sehe ihn wieder!«

»Wo?«

»Gerade voraus in Lee!«

»Abhalten, zwei Strich!«, befahl der Schiffer dem Rudersmann und dann rief er nach vorn gewandt über das Deck: »An die Leereling, alle Mann! Jeder nimmt eine Leine zum Hieven in die Hand, eine Leine mit einem Palstek! Wenn wir ihm nahe genug sind, dann hievt! Wo sehen Sie ihn jetzt, Markus?«

»Gerade voraus!«, war die Antwort. »Luv oder wir übersegeln ihn! Es ist Heinrich!«

»Luv!«, schrie Kapitän Lüdemann dem Rudersmann zu. »An die Großbrassen ein paar Mann! Klar zum Rundholen der Großrah!« Dann sprang er auf ein Hühnerhock und schaute eifrig nach vorn.

»Ich sehe ihn!«, rief er nach einigen Augenblicken. »Rund mit der Rah, back das Marssegel! Klar mit euren Leinen, Jungens! Aufpassen da vorn ... vorbei geschmissen! Nun der Nächste ... auch nichts! Leine zu kurz! Der Nächste ... wieder nichts ... verdammt, Mensch! Ruhig, ruhig sonst verlieren wir ihn doch noch!«

Während die Matrosen in ihrem Eifer nur Fehlwürfe taten und der Schiffer in seiner Verzweiflung mit heftigen Flüchen auf sie loszuwettern begann, war Markus Wenzel von der Kreuzoberbramrah blitzschnell wieder an Deck heruntergekommen und mit einer Leine an die Leereling geeilt.

»Recht so, Bootsmann!«, rief der Schiffer. »Zeigen Sie den Leuten, wie man hieven soll! Ah bravo! Halt fest, Heinrich! Streif dir den Palstek über die Schulter! So, so! Nun holt ein, Leute, sachte, sachte, so!« Eine halbe Minute später saß Heinrich triefend, nach Atem ringend und unfähig ein Wort von sich zu geben an Deck, denn er war so erschöpft, dass er sich nicht auf den Beinen halten konnte. Alles drängte sich um ihn. Da aber erschien der Doktor Cellarius, nahm ihn in Beschlag und erklärte nach kurzer Untersuchung, dass der Patient zwar sehr erschöpft sei, sonst aber keinerlei Schaden davongetragen habe.

Als Valeska diese tröstliche Nachricht vernommen, zog sie sich in ihre Kammer zurück, schloss die Tür zu und erleichterte ihr so schwer bedrückt gewordenes Herz durch einen Strom Tränen. Heinrich erholte sich bald und berichtete dann, dass er von seinem Emportauchen nach dem Sprung, bis zuletzt keine Spur von dem unglücklichen Steuermann habe entdecken können. Er war der Meinung, dass derselbe sich bei seinem Sturz schwer verletzt haben und sogleich in die Tiefe gesunken sein müsse. Trotz alledem kreuzte der *Paladin* noch eine Stunde in der Gegend umher, einen Ausguckmann auf jeder der drei Bramrahen. Als auch dies erfolglos blieb, da gab Kapitän Lüdemann endlich zögernd und mit Widerstreben die Suche auf und der *Paladin* setzte seine Reise fort.

Drittes Kapitel

Heinrich Rohrpenn, Obersteuermann.
Warum der Kapitän wider seinen Willen ausgepurrt wird.
Meuterei! - »Nun seid ihr alle drei gemütlich beisammen!«
Markus Wenzel verfügt über das Geschick seiner Gefangenen.
Heinrich im Dienst der Meuterer.
Wie die Passagiere an Land gesetzt wurden.

Der im vorigen Kapitel geschilderte Unglücksfall gab die Veranlassung zu einer abermaligen Veränderung in der Besetzung der Offiziersstellen an Bord des *Paladin*. Heinrich wurde zum Obersteuermann befördert und den Posten des zweiten Steuermannes erhielt ein junger Matrose von guter Herkunft, der auch bereits eine Navigationsschule besucht hatte. Er hieß Robert Gehrke und war ein ruhiger, verständiger und zuverlässiger Mensch.

Obwohl jetzt diese beiden Posten, außer dem des Kapitäns, die wichtigsten und verantwortungsvollsten im ganzen Schiff, zwei jungen Leuten hatten anvertraut werden müssen, deren Lebensjahre zusammen noch nicht die Zahl vierzig erreichten, verlief der Schiffsdienst in untadeliger Ordnung. Die jungen Offiziere taten pflichtgetreu und energisch ihre Schuldigkeit. Die Mannschaft betrug sich so ordentlich und gehorsam wie zuvor, und nichts ereignete sich, was den Schiffer mit Besorgnis oder bangen Vorahnungen hätte erfüllen können.

Am Morgen des zehnten Tages nach dem traurigen Ende des Obersteuermanns Klaus wurden die im südlichen Teil des Indischen Ozeans gelegenen Inseln Sankt Paul und Amsterdam gesichtet und zwar in der Richtung und fast genau um die Zeit, die Kapitän Lüdemann, der sich auf sein nautisches Wissen etwas zu gute tat, vorausgesagt hatte.

In der letzten Zeit hatte er nur wenig Ruhe gefunden. Er wusste, dass, wenn er nicht an Deck war, die Obhut über sein Schiff abwechselnd in den Händen zweier junger Leute lag, die, als sie zu ihm an Bord kamen, nur geringe praktische Erfahrung mitgebracht hatten.

Als aber Tag um Tag und Nacht um Nacht verstrich und als er erkannte, wie viel diese jungen Leute unter seiner Führung gelernt hatten und wie trefflich sie die gewonnene Erfahrung zu verwerten wussten, da war er nach und nach vertrauensvoller geworden.

Wenn Segler Sankt Paul und Amsterdam in Sicht bekommen, dann pflegen sie nach altem Brauch ihre Chronometer danach zu regulieren. Dies hatte auch der arme übermüdete Keppen Lüdemann getan, und als er an jenem Abend gegen fünf Glasen in der ersten Wache dem Obersteuermann Heinrich Rohrpenn auf dem Kampanjedeck gute Nacht gesagt hatte, da fügte er hinzu, dass er endlich wieder einmal die ganze Nacht durchzuschlafen gedächte und nicht ausgepurrt werden wollte, wenn nicht etwas ganz Besonderes passierte. Er sagte dies so laut, dass auch der Mann am Ruder diese Worte deutlich verstehen konnte.

Es war gegen drei Uhr morgens. Keppen Lüdemann fuhr aus dem Schlaf, weil er ein leises Pochen an seiner Kammertür hörte. »Was kann das sein?«, war sein erster zusammenhängender Gedanke. Eine Änderung des Wetters? Nein, denn die hätte der alte Seefahrer auch im tiefen Schlafe längst wahrgenommen. Das leise Pochen wiederholte sich. »Was ist da los?«, rief er ärgerlich. »Wollen Sie nicht am besten an Deck kommen, Kaptein?«, sagte eine Stimme, in der er die eines Matrosen erkannte. »Mit dem Robert, ich meine mit dem zweiten Steuermann, scheint etwas nicht zu stimmen. Er liegt da oben auf dem Rücken und tobt, als ob er besoffen wäre. Drei Mann müssen ihn festhalten, damit er nicht über Bord springt!«

»Oha!«, sagte der Schiffer in höchstem Missmut und setzte hinzu: »Ich komm gleich«!«

»Was mag dem armen Jungen fehlen?«, fuhr er im Selbstgespräch fort, als der Matrose sich entfernt hatte. »Ob sein Übereifer ihm geschadet hat? Ob ich den Doktor Cellarius wecke? Ich will mich lieber erst selbst von seinem Zustand überzeugen.« Er warf sich hastig in die notdürftigen Kleider und verließ nun geräuschlos sein Zimmer, um die Passagiere nicht zu stören.

Die Nacht war finster da kein Mond am Himmel stand. Lockere, zerflatterte Wolken zogen schnell und in Massen unter dem Firmament dahin, so dass auch von den Sternen nur wenige auf kurze Augenblicke sichtbar wurden. Das vorhandene schwache Licht aber reichte aus, um den Schiffer einen dunklen Fleck vorn auf dem Deck erkennen zu lassen, von dem er wusste, dass er von einer Gruppe von Matrosen gebildet wurde. Schnell schritt er darauf zu.

Ehe er jedoch dort anlangte, huschten zwei barfüßige Männer hinter der Kombüse hervor und eilten ihm nach. Einer packte seine Arme von hinten und hielt sie gewaltsam fest, der andere schwang einen großen, kurzgestielten Hammer über seinem Kopf und zischte wild in des vor Schreck erstarrten alten Schiffers Ohr: »Einen Laut, einen einzigen Ton, und ich zermalme dir den Schädel!« Gleich darauf setzte er ruhig hinzu:

»Es soll Ihnen kein Leid geschehen, Keppen Lüdemann, aber wir wollen das Schiff haben. Wenn Sie Lärm schlagen, dann gibt es Blutvergießen, und das möchten wir gern vermeiden. Wo ist Niklas? Hier Niklas, dieser Mann ist dein Gefangener. Hol die Eisen her und lege sie ihm an. Und merke dir, du bist mir für ihn verantwortlich!«

»Aber Wenzel«, stammelte der arme Schiffer, der jetzt den Sprecher erkannt hatte, »Wenzel, Mann, was soll das alles? Ich, ich ... ich verstehe nicht!«

»Jetzt ist keine Zeit für Erklärungen«, war die Antwort. »Später, wenn Ihnen dann noch daran liegt. Und nun kommt, Maaten, wir müssen den anderen Gefangenen in Sicherheit bringen.«

Der Haufen der Meuterer, der die Tür des vorderen Deckhauses belagerte in das der unglückliche Schiffer hineingestoßen worden war, verlor sich achtern in der Finsternis. Keppen Lüdemann sah sich allein mit seinem

Wächter und dem jungen Gehrke, der an Händen und Füßen gebunden und außerdem noch geknebelt in einer der leeren Kojen lag, die den an Bord der *Viktoria* gegangenen Leuten gehört hatten.

Trotz dieser eigenen Not und Verzweiflung war der Schiffer noch so weit Herr seiner Gedanken, dass er bei dem trüben Schein der Laterne, die an einem der Decksbalken hing, den qualvollen Zustand wahrnahm, in dem Gehrke sich befand, dem man als Knebel einen großen Koffeenagel quer in den geöffneten Mund gebunden hatte.

Er wandte sich an den Matrosen Niklas und machte diesen aufmerksam, dass der zweite Steuermann diese Folter nicht mehr lange ertragen könnte, und wenn die Meuterer ihren Schandtaten nicht auch noch das Verbrechen des Mordes hinzufügen wollten, dann müsse der arme Gequälte unverzüglich von dem Knebel befreit werden.

Der Mann, ein gutartiger Mensch, sah das ein, meinte aber dem erhaltenen Befehl nicht entgegenhandeln zu dürfen der Folgen wegen, die etwa daraus entstehen könnten.

»Dann nimm ihm nur sogleich den Knebel ab«, entgegnete der Schiffer. Die Mannschaft ist im Besitz des Schiffes, daran ist nichts zu ändern. Wir beide, Gehrke und ich, sind gefesselt und können nichts tun es wieder in unsere Gewalt zu bringen. Also fort mit dem Knebel, Mensch, wenn der arme Kerl nicht vor deinen Augen ersticken soll!« Das genügte. Der Knebel wurde entfernt und der Schiffer warnte den jungen Mann vor jedem nutzlosen Lärm und fragte dann Niklas, was die Leute zur Meuterei veranlasst habe.

Der Mann kratzte sich den Kopf.

»So recht klug bin ich daraus nicht geworden«, antwortete er. »Wenzel hat uns lange Reden gehalten und gesagt, dass die Janmaaten und auch alle anderen Arbeiter und Handwerker schon seit tausend Jahren um das betrogen worden seien, was ihnen zukommen würde. Da haben wir alle einen Eid geschworen, zusammenzustehen und uns wieder zu nehmen, was uns von Rechts wegen zukommt und gehört.«

»Was euch von Rechts wegen gehört?«, rief der Schiffer erstaunt. »Ich habe euch um nichts betrogen und euch auch nichts vorenthalten! Gewiss, ihr habt bereits einige Heuer zugut, allein es ist doch Brauch, das Schiffsvolk erst dann abzulohnen, wenn die Reise vollendet ist.« »Das weiß jeder Seefahrer, Kaptein«, unterbrach ihn Niklas, »davon ist auch nicht die Rede, die Sache liegt ...«

Keppen Lüdemann sollte jedoch jetzt noch nicht erfahren, wie die Sache lag, denn in diesem Augenblick erschien eine Schar Meuterer mit Wenzel an der Spitze, die den ersten Steuermann als Gefangenen mit sich brachte.

»Hier, Heinrich, hier ist dein Schiffer«, rief der Bootsmann lustig, indem er den jungen Mann zur Tür hineinließ. »Nun seid ihr alle drei gemütlich beisammen. Nehmt ihm den Knebel aus dem Schnabel«, befahl er, »aber lasst euch raten«, hier wandte er sich zu den Gefangenen, »verhaltet euch muckstill, sonst schieße ich euch Löcher ins Fell!«

Er zog einen Revolver hervor und begann ihn sorgfältig zu laden.

»Ist denn der Teufel in Sie gefahren, Bootsmann?«, brach der Schiffer zornig heraus. »Sind Sie verrückt geworden? Wissen Sie nicht, was für eine Strafe auf Meuterei steht? Hört, Leute«, er wandte sich an die Mannschaft, »bindet mich und die beiden Steuerleute los, und ich gebe euch mein Ehrenwort, dass ich die Beschwerden, die ihr etwa zu machen habt, geduldig anhören will und ist euch irgendwie Unrecht geschehen, so soll dem sofort abgeholfen werden.«

»Sparen Sie sich Ihre Worte, Kaptein«, sagte Wenzel ruhig. »Was wir tun, haben wir reiflich überlegt. Wir haben uns über niemanden zu beschweren, weder über Sie noch sonst jemanden hier an Bord. Die Schuld liegt bei denen, die unseresgleichen seit Jahrhunderten beraubt, betrogen, unterdrückt und geknechtet haben. Jetzt aber ist die Zeit gekommen, wo wenigstens wir, die wir hier an Bord dieses Schiffes sind, uns zu unserem Recht verhelfen und uns aneignen wollen, was uns so gut gehört wie irgend einem anderen. Ja, Kaptein, Markus Wenzel ist kein gelehrter Kerl, aber soviel versteht er doch, um sich und denen, die ihm anhängen, ein menschenwürdiges Dasein zu verschaffen.«

»Wenzel, Wenzel, Sie wissen nicht, was Sie da schwatzen!«, rief der Schiffer. »Deswegen machen Sie sich nur keine Sorgen, Keppen Lüdemann!«, rief der Bootsmann lachend. »Aber jetzt hören Sie mal zu, denn Sie sollen erfahren, was wir mit Ihnen und den anderen vorhaben. Wir wollen kein Blutvergießen und werden uns solange als irgend möglich die Hände davon reinhalten. So lange als irgend möglich, verstehen Sie? Wir werden daher Sie, Keppen Lüdemann, auf einem Eiland aussetzen, wo Sie Ihr Leben fristen können und von wo Sie nicht so leicht wieder wegkommen, wenigstens nicht, ehe wir mit dem Schiff fertig sind.« »Den jungen Gehrke da gedenken wir auf einer anderen Insel an Land zu setzen, die vielleicht vier- oder fünfhundert Meilen von der Ihrigen entfernt liegt. Ebenso haben wir es mit den Passagieren vor.«

»Und Heinrich Rohrpenn?«, rief der Schiffer.

»Heinrich Rohrpenn?«, versetzte Wenzel vergnügt. »Den behalten wir an Bord, denn der soll uns das Schiff navigieren.«

»So, meinst du?«, rief Heinrich. »Da habe ich ja auch noch ein Wörtchen mitzureden! Nee, mein Junge, daraus wird nichts! Bildet ihr euch etwa ein, dass ich mit so einer Meuterbande gemeinsame Sache machen will? Das Schiff navigieren, sagst du? Nee, daraus wird nichts! Lieber könnt ihr alle zusammen zum Teufel gehen!«

»Gut gekräht, junger Hahn!«, entgegnete Wenzel mit beifälligem Lachen. »Junge, Junge! Das wäre ein Schiffer für uns, Maaten, wenn wir ihn dazu kriegen könnten! Aber das wollen wir von dir nicht verlangen, Heinrich. In dieser Hinsicht kannst du tun und lassen, was du willst. Aber an Bord bleibst du und das Schiff navigieren sollst und wirst du, ob dir das gefällt oder nicht!«

»Niemals!«, sagte Heinrich entschlossen. »Ihr könnt mich über Bord hieven wenn ihr wollt, aber ich werde keine Hand, keinen Finger rühren, euch auch nur im geringsten zu helfen.«

Wenzel schien durch diese Erklärung des jungen Mannes keineswegs gereizt zu werden. Er setzte sich einfach an Heinrichs Seite auf eine Seekiste nieder und flüsterte ihm eine Weile eifrig und ernst ins Ohr.

Gleich zu Anfang überzog eine tiefe Röte Heinrichs Gesicht, dann aber erbleichte er soweit seine wettergebräunte Haut dies zuließ. Seine Augen blickten vor Entsetzen, und als Wenzel mit seinen Zuflüsterungen zu Ende war, sprang er trotz seiner Fesseln empor und rief:

»Du Schuft! Du höllischer Schurke! Binde mich los, damit ich dir hier vor allen an den Hals fahren und dir die nichtswürdige Fratze zerschlagen kann!«

Wenzel sah ihn an, ein Wutblitz schoss aus seinem Auge, aber er beherrschte sich schnell.

»Darauf war er also nicht aus«, sagte er ruhig, »schadet nichts, ich habe noch etwas anderes, darauf wird er sicher aus sein.«

Er zog Heinrich wieder neben sich nieder auf die Kiste und fing von neuem an zu flüstern. Diesmal konnte man dem jungen Mann ansehen, dass er nicht nur von Entsetzen, sondern auch von wirklicher Furcht ergriffen wurde. Als Wenzel zu flüstern aufhörte, saß er mit tiefgesenktem Kopf und kein Wort kam über seine Lippen.

Wenzel beobachtete ihn eine Weile, dann stieß er ihn an und fragte:

»Nun, wie denkst du jetzt darüber?«

»Ja, ich willige ein«, sagte er dumpf, kaum hörbar. »Aber es will mir nicht in den Kopf, dass du so unmenschlich handeln könntest, noch dazu an den armen Kindern! Aber hüte dich! Wenn du dein Versprechen nicht hältst, wenn einem von ihnen auch nur das Geringste zu Leide getan wird, dann ... dann ... »

»Sachte, Heinrich, beruhige dich, mein Junge. Du hast mein Wort, und ich hoffe, dass du lange genug mit mir an Bord sein wirst, um die Überzeugung zu gewinnen, dass ich niemals mein Wort breche. Ich verlange von dir aber auch, dass du treu und zuverlässig verrichtest, was dir aufgetragen wird. Und nun, denke ich, verstehen wir einander, oder?«

Heinrich nickte stumm.

»Du kannst nun wieder achteraus in deine Koje gehen«, schloss Wenzel. »Noch eins, wenn morgen früh die Passagiere an Deck kommen, dann teilst du ihnen mit, was vorgegangen ist und was sie zu erwarten haben. Sage ihnen besonders, dass wir gegen jede Gewalttat sind, dass wir aber ein verdächtiges Benehmen ihrerseits als Verräterei und demgemäß bestrafen werden.«

Darauf befahl er der Mannschaft, Heinrich die Fesseln abzunehmen und ihn ungehindert achteraus in seine Kammer gehen zu lassen.

Der Befehl wurde ausgeführt. Halb betäubt stellte Heinrich sich wieder auf die Füße und ging zur Tür.

Auf halbem Weg blieb er stehen. »Was wird aus Keppen Lüdemann und aus dem Steuermann Gehrke?«, fragte er.

»Die mögen sich hier so bequem wie möglich einrichten, bis sich die Gelegenheit bietet, sie an Land zu setzen«, antwortete Wenzel. »Machen Sie sich ihretwegen keine Sorgen Steuermann Rohrpenn, man wird sie behandeln wie es sich gehört, vorausgesetzt, dass nicht der Versuch gemacht wird, uns das Schiff wieder zu entreißen. In diesem Fall würde ich für nichts mehr einstehen.«

Damit musste Heinrich sich zufrieden geben. Er ging und wagte nicht, seinem Kapitän ins Gesicht zu sehen. Er fühlte sich in seiner neuen Würde so schuldbewusst, als hätte er sich aus freiem Willen den Meuterern zugesellt.

In der Kajüte angelangt, begab er sich sogleich in die Kammer des Kapitäns, um sich der Schlüssel zur Waffenkiste zu versichern. Die Meuterer waren ihm jedoch zuvorgekommen und die Schlüssel waren nicht zu finden. Ebenso vergeblich suchte er nach dem Blechkasten mit den Schiffspapieren. Auch diese hatten die Meuterer an sich genommen.

Er verließ die Kammer wieder und machte die Tür unwillkürlich so leise hinter sich zu, als läge des Schiffers Leiche in dem stillen Gemach.

Er warf sich in seine Koje, fand aber keinen Schlaf. Viele Nächte sollten noch vergehen, ehe er wieder ruhig und tief schlafen würde können.

Er grübelte und grübelte und zerquälte sich das Gehirn, um einen Ausweg aus dieser furchtbaren Klemme zu finden. Aber je mehr er grübelte, desto hoffnungsloser erschien ihm seine Lage.

Er erkannte, dass Wenzel nichts als die Wahrheit gesagt hatte, als er die Meuterei als das Resultat langer und sorgfältiger Überlegungen hinstellte. Die Halunken hatten ihren Plan in allen Einzelheiten so fein durchdacht, dass alle Anschläge, die Heinrich als Gegenpläne aushecke, sinnlos erschienen.

Aber die Passagiere!

Wohl hatte Wenzel versprochen, sie nicht zu belästigen und ihnen nach wie vor alle Achtung und Rücksicht zuteil werden zu lassen, bis er sie auf einer abgelegenen Insel an Land schaffen konnte, wo sie aller Wahrscheinlichkeit nach zahllosen Gefahren ausgesetzt sein würden, wo sie Hunger und Durst leiden mussten, wo sie keinen Schutz gegen die Unbilden der Witterung fanden und auch wohl gar in die Gefangenschaft wilder Stämme gerieten. Welch ein Schicksal wartete auf diese Ahnungslosen!

Unter solchen Gedanken wurde es endlich Tag. Ein Geräusch im Salon sagte ihm, dass einige der Passagiere bereits aufgestanden und im Begriff waren, sich an Deck zu begeben.

Er öffnete seine Tür und trat in den Salon.

»Guten Morgen, meine Herren!«, begrüßte er die beiden dort Anwesenden, den Ingenieur Eisenlohr und den Doktor Cellarius.

»Guten Morgen, Herr Obersteuermann!«, klang der fröhliche Gegengruß zurück.

Dann aber gewahrte der Ingenieur die Spuren der überstandenen Schrecken und Aufregungen und der schlaflosen Nacht auf dem Gesicht des jungen Mannes.

»Was ist Ihnen, Heinrich?«, fragte er erschrocken, »sind Sie krank?«

Heinrich hob warnend die Hand.

»Still!«, sagte er leise. »Nein, Herr Eisenlohr, krank bin ich nicht, aber in Angst und größter Sorge. Ich habe in der Nacht allerlei erlebt ...«

»Allerlei erlebt?«, nahm der Doktor erstaunt das Wort. »Sie machen uns neugierig, was könnte das sein?«

»Ja, erzählen Sie doch, Heinrich!«, drängte der Ingenieur.

»Sprechen Sie leise, meine Herren!«, entgegnete der junge Mann mit gedämpfter Stimme, »die Damen könnten aufwachen! Kommen Sie mit mir in meine Kammer, ich habe ihnen schlimme Neuigkeiten mitzuteilen.«

Die beiden Herren folgten ihm und setzten sich auf den Sofakasten. Heinrich schloss die Tür.

»Nun, Heinrich, schießen Sie los«, sagte der Ingenieur. »Nach Ihrem Gesicht zu urteilen, handelt es sich um eine ernste Sache, also heraus damit ohne Zögern. Wir erschrecken nicht so leicht.«

»Sie werden sehr erschrecken«, entgegnete Heinrich. »Die Sache ist einfach die: Die Mannschaft hat gemeutert und sich des Schiffes bemächtigt.«

»Allmächtiger Gott!«, rief der Doktor.

»Hm!«, machte der Ingenieur. »Und der Kapitän?«

»Keppen Lüdemann und Gehrke, der zweite Steuermann, liegen gefangen im vorderen Deckhaus«, antwortete Heinrich.

Eine Zeitlang saßen die Herren wie erstarrt. Endlich hatte der Ingenieur seine Gedanken wieder gesammelt.

»Was soll aus den Frauen und Kindern werden?«, war seine erste Sorge. Und dann: »Wie geht es zu, dass Sie in Freiheit sind, wenn es wahr ist, dass der Kapitän und der andere Steuermann sich in der Gewalt der Meuterer befinden?«

»Sie und die Frauen und die Kinder haben nichts zu befürchten, wenigstens vorläufig nicht«, antwortete Heinrich mit bebenden Lippen. »Der Preis für Ihre und der Damen und Kinder Sicherheit ist das Versprechen, das ich den Meuterern gab, das Schiff nach bestem Wissen für sie zu navigieren.«

Die Stimme versagte ihm, er wandte sich hastig ab, verbarg das Gesicht in den Händen und brach in Tränen aus. Das Gefühl seiner verzweifelten und trostlosen Lage überwältigte ihn.

Der Doktor Cellarius war so überrascht und bestürzt, dass er alle Fassung verloren hatte und kein Wort hervorbringen konnte. Der Ingenieur aber erhob sich und legte gütig die Hand auf Heinrichs Schulter. »Beruhigen Sie sich, lieber Freund«, sagte er. »Es tut mir leid jene Bemerkung gemacht zu haben. In der ersten Aufregung bedachte ich nicht, was ich sagte. Erzählen Sie mir wie sich alles zugetragen hat, dann wollen wir überlegen, ob wir das Schiff nicht wieder in unsere Gewalt bringen und den Schiffer und den zweiten Steuermann aus ihrer Gefangenschaft befreien können.«

Heinrich hatte bald seine Selbstbeherrschung wieder gewonnen. Er setzte sich auf den Rand seiner Koje und berichtete seinen erstaunten Zuhörern in kurzen Worten die Ereignisse der vergangenen Nacht. Dann fügte er hinzu:

»Ich fürchte, dass wir uns die Wiedereroberung des Schiffs aus dem Kopf schlagen müssen, denn Wenzel hat anscheinend die gesamte Mannschaft auf seine Seite gebracht und sie überredet, in Zukunft unter seiner Leitung Seeraub zu treiben. Den Kapitän und Gehrke lassen sie nicht eher los, bis sie sie irgendwo aussetzen können. Was können wir drei denn gegen so viele unternehmen?«

»Leider nichts«, brummte Eisenlohr vor sich hin.

»Außerdem soll ich Ihnen sagen«, fuhr Heinrich fort, »dass die Meuterer jedes verdächtige Benehmen Ihrerseits als Verräterei ansehen und als solche bestrafen würden. Das sind Wenzels eigene Worte.«

»Hm!«, sagte Eisenlohr, nachdem er eine Weile gedankenvoll zu Boden geblickt hatte. »Das sieht sehr ungemütlich aus. Wir müssen vorsichtig sein und so wenig wie möglich vor den Augen der Bande miteinander verkehren. Das darf uns jedoch nicht hindern, unablässig über Mittel zu unserer Rettung nachzudenken. Jetzt aber wollen wir beide zu unseren Frauen zurückgehen und ihnen die Hiobsbotschaft überbringen. Kommen Sie, Doktor. Wir dürfen sie nicht in Ungewissheit lassen. Und Sie, Heinrich, vergessen Sie nicht, dass Sie sich jederzeit, bei Tage und bei Nacht, auf uns verlassen können, nicht wahr, Doktor?«

»Selbstverständlich!«, antwortete dieser. »Ich habe mich von der Überraschung noch nicht ganz erholt, aber wenn es darauf ankommt, dann soll es an mir nicht fehlen.«

Die beiden Herren drückten Heinrich herzhaft die Hand und verschwanden dann in ihren Kammern.

Die Angst und Bestürzung der Damen beim Empfang der schlimmen Nachricht braucht hier nicht geschildert zu werden. Ihre Furcht wurde noch vergrößert, als ihnen später durch Heinrich eröffnet wurde, dass Wenzel beschlossen habe, fortan sein Quartier in der Kajüte zu nehmen und dass er erwarte, dass sämtliche Herrschaften ihm die Vergünstigung ihrer Gegenwart bei den Mahlzeiten zuteil werden ließen und auch sonst so oft ihn danach verlangen würde.

Es gelang Herrn Eisenlohr, die Empörung und den Abscheu der Damen, die diese Unverschämtheit hervorrief, durch Gründe der Vernunft und Vorsicht zu überwinden, und alle fanden sich bereits zum Frühstück im Salon ein.

Wenzel erschien und nahm am oberen Ende der Tafel Platz.

»Guten Morgen, meine Herrschaften!«, rief er munter und verbeugte sich: »Ich hoffe, Sie hatten eine gute Nacht.«

»Dank Ihnen«, entgegnete Herr Eisenlohr. »Soviel ich weiß, haben wir alle recht gut geschlafen, da wir ja von dem, was vorn passiert ist, keine Ahnung hatten.«

»Haha«, lachte Wenzel etwas gezwungen. »Ja, wir haben uns erlaubt, während der Nacht einige Veränderungen zugunsten der Allgemeinheit vorzunehmen.«

»Zugunsten der Allgemeinheit?«, wiederholte der Ingenieur, die Augenbrauen hebend und dem Meuterer fest ins Auge sehend.

»Ja«, nickte Wenzel vergnügt. »Ich freue mich, dass Sie mir Gelegenheit geben, Ihnen die Gründe unserer Maßnahmen zu erklären und Ihnen zu zeigen, dass wir keineswegs die Halunken sind, für die Sie uns wahrscheinlich halten.«

»Es soll mir angenehm sein, wenn Ihnen das gelingt«, sagte der Ingenieur kalt. »Fahren Sie fort!«

»Ich brauche Herren von Ihrer Bildung und Weltkenntnis nicht erst darauf hinzuweisen, dass Seeleute - ich meine die Janmaaten vor dem Mast, also die Matrosen - ein so hartes Dasein führen und so schlecht bezahlt sind wie sonst kein Handwerker oder Arbeiter«, sagte Wenzel und schaute Herrn Eisenlohr fragend und forschend an.

»Wenn ich auch nicht so weit gehen möchte, so gebe ich doch zu, dass das Seemannsleben ein schweres und entbehrungsreiches ist«, entgegnete dieser. »Aber was in aller Welt hat das mit Ihrer Meuterei zu tun? Ich glaube nicht fehlzugehen, wenn ich annehme, dass Sie freiwillig hier an Bord angemustert haben und ich weiß, dass der *Paladin* in jeder Beziehung ein gutes Schiff ist. Die Kost für die Mannschaft ist reichlich und so gut wie sie nur sein kann, das Logis der Matrosen ist luftig, trocken und bequem, und über Kapitän Lüdemann und seine Steuerleute haben Sie sich doch wahrlich nicht beklagen können.«

»Das ist richtig«, gab Wenzel zu: »Aber möchten Sie wohl ein Janmaat vor dem Mast sein?«

»Nein«, antwortete der Gefragte, »das gestehe ich ganz offen, denn sonst wäre ich Seemann und nicht Zivilingenieur geworden. Sie aber haben sich Ihren Beruf doch sicherlich selbst gewählt.«

»Ja, und ich beklage mich auch nicht darüber«, sagte Wenzel. »Worüber ich mich aber beklage ist, dass wir nicht halb genug, nicht ein viertel genug Bezahlung erhalten. Zu was wäre ein Schiff nütze ohne eine Bemannung von Matrosen? Wir sind genau so unentbehrlich an Bord wie der Kapitän, aber was für ein Unterschied zwischen seiner und unserer Bezahlung! Das ist nicht in der Ordnung. Das ist eine himmelschreiende Ungerechtigkeit! Seit undenklichen Zeiten sind die Seeleute betrogen und beraubt worden! Das ist der Mannschaft dieses Schiffes hier jetzt endlich bis an den Hals gekommen und wir sind entschlossen, uns wenigstens einen Teil von dem wieder zu nehmen, was die spitzbübischen Reeder uns gestohlen haben!«

Der Ingenieur sah den Mann verwundert und kopfschüttelnd an. »Mein lieber Freund«, versetzte er, »Sie fassen die Sache ganz und gar falsch auf. Zugegeben, dass Sie und Ihre Schiffsmaaten ebenso unentbehrlich an Bord sind, wie der Kapitän, Sie übersehen aber die wichtige Tatsache, dass für jedes Schiff, so groß es auch sein mag, ein einziger Kapitän ausreicht, während ein Janmaat allein nur sehr geringen Wert für den Schiffsdienst hat. Daher der Unterschied in der Bezahlung.«

Man konnte dem Gesicht des Meuterers ansehen, dass ihm diese Seite der Frage noch niemals gezeigt worden war. Er stierte vor sich nieder und fand lange kein Wort der Erwiderung.

»Verdamm' mich!«, rief er endlich »Verzeihung, meine Damen, aber ein unwissender Mensch wie ich soll sich mit einem gebildeten Herrn in kein Gespräch einlassen, das hätte ich wissen können! Da wird unsereinem bald der Wind aus den Segeln genommen! Ich komme gegen Sie nicht auf, Herr Eisenlohr, und das Reden nützt auch nichts.

»Vielleicht doch«, warf der Ingenieur ein.

»Nein, Herr Eisenlohr, unser Plan steht fest und er wird ausgeführt«, erwiderte Wenzel. »Die Herrschaften aber haben für sich nichts zu fürchten. Gegen Privatleute hegen wir keine

Feindschaft. Wenn wir auch gezwungen sein werden, Sie auf einem Eiland auszusetzen, von wo Sie nicht ohne weiteres wieder fortkommen können, so werden wir Ihnen doch Ihr Eigentum bis auf das letzte Stück aushändigen und Sie auch noch mit Mitteln versehen, sich zu verteidigen und Ihren Lebensunterhalt zu beschaffen.«

Ohne eine Antwort abzuwarten stand er schnell auf und ging hinaus an Deck.

Bald nach ihm verließ auch die Gesellschaft den Salon und begab sich auf das Kampanjedeck, wo Heinrich sorgenvoll auf und abschritt. Er vermied es, sich den Herrschaften zu nähern, und war im Begriff, nach vorn zu gehen, als Wenzel ihm winkte, mit ihm in die Kajüte zu gehen.

»Holen Sie uns die Karten her, Steuermann«, sagte der Meuterer. Heinrich gehorchte und breitete die Karten auf dem Tisch aus. »Jetzt zeigen Sie mir, wo wir uns gegenwärtig befinden«, sagte Wenzel.

Heinrich markierte durch ein Bleistiftzeichen die Position des Schiffes. Wenzel beugte sich darüber und studierte lange und eifrig. »Wie ist der Kurs nach der Sundastraße?«, fragte er dann.

Der Kurs wurde ihm gezeigt, worauf er hinauslief und dem Rudersmann mit lauter Stimme den Kurs zu steuern befahl, den Heinrich festgesetzt hatte.

Wieder zu seinem Navigationsoffizier zurückgekehrt, vertiefte er sich von neuem in die Karten, suchte eine Viertelstunde lang darauf umher und rollte sie dann zusammen.

»Das genügt vorläufig«, sagte er.

Heinrich nahm dies für ein Zeichen der Entlassung und verlies die Kajüte.

Tag um Tag verging, ohne dass sich etwas Besonderes ereignet hätte. Der *Paladin* war inzwischen in der Nähe der Sundastraße angelangt.

Heinrich brachte so viel Zeit als er nur irgend erübrigen konnte an Deck zu und beraubte sich selbst des Schlafes, in der

Hoffnung, dass ein Kriegsschiff irgend einer Nation in Sicht kommen möchte, das er auf die Zustände an Bord des *Paladin* aufmerksam machen könnte.

Er war fest entschlossen dies zu tun und keine Gefahr für sich selbst zu scheuen, wenn es ihm nur gelang die Passagiere aus den Händen der Meuterer zu befreien.

Als der *Paladin* in der Sundastraße einlief, kam auch wirklich eine holländische Fregatte in Sicht. Aber auch Wenzel hielt die Augen offen. Er hatte vorausgesehen, dass der Versuch gemacht werden würde, dem Kriegsschiff ein heimliches Signal zu geben und passte daher auf wie ein Luchs.

Die Fregatte richtete in der Flaggensprache die üblichen Fragen an den *Paladin*. Wenzel ließ sich das Signalbuch bringen und beantwortete sie persönlich wobei er einen seiner Getreuen die Flaggen hissen ließ.

Während dieser Zeit durfte keiner der Passagiere die Kajüte verlassen, auch die Kinder nicht. Seinen Navigationsoffizier ließ er nicht aus den Augen und so dampfte die Fregatte vorbei, nicht ahnend welche enttäuschten und jammervollen Blicke ihr von Bord des Hamburger Kauffahrers folgten.

Die Sundastraße war passiert. Der *Paladin* steuerte längs der Südküste von Borneo durch die Java- und Floressee. Heinrich zeichnete täglich den Kurs und die zurückgelegten Strecken in die Karte ein, wobei er stets von Wenzel auf das Schärfste beobachtete wurde.

Der Letztere ließ den Kurs häufig ändern, um die überall zerstreut liegenden Inseln anzulaufen und zu sehen, ob dieselben zur Aufnahme seiner ihm täglich lästiger werdenden Gäste geeignet wären.

Einige der Eilande wurden auch besucht, aber keines befriedigte ihn. Teils waren sie von Einheimischen bewohnt, die sich beim Erscheinen der Seefahrer so feindselig zeigten, dass das Aussetzen der Passagiere hier gleichbedeutend mit deren Ermordung gewesen wäre. Teils erschien das Land so öde und wüst, dass niemand darauf sein Leben fristen konnte.

Vierzehn Tage verstrichen unter diesem erfolglosen Umherstreifen und endlich verlor Wenzel die Geduld. Er nahm sich vor, die Passagiere nunmehr auf der ersten Insel, die man sichten würde, an Land zu setzen, gleichgültig, ob sie bewohnbar wäre, oder nicht.

Allein, damit war die Mannschaft dann doch nicht einverstanden. Die Leute, von denen noch keiner ein verhärteter Verbrecher war, bestanden darauf, dass man den Passagieren, wenn sie doch einmal von Bord sollten, wenigstens nicht die Möglichkeit nähme, ihr Leben zu erhalten.

Man kam überein die Suche noch drei Tage fortzusetzen, dann aber die Unglücklichen auf der ersten wieder in Sicht kommenden Insel auszusetzen.

Dies wurde am Abend eines Tages beschlossen an dem man drei Eilande vergeblich angelaufen hatte. Dann musste Heinrich die Karte bringen, und alle Mann folgten aufmerksam seinen Ausführungen über Lage und Entfernung der nächsten in Betracht kommenden Inseln.

Da diese nach den Angaben der Karte, jedoch nichts anderes waren als vulkanische Krater, so kam man nach langer Verhandlung überein, direkt Ost zu steuern, um ein anderes Inselgebiet zu erreichen. In dieser Richtung zeigte die Karte eine offene Seestrecke von dreihundert Meilen Länge.

Man war daher am folgenden Morgen nicht wenig verblüfft, als gerade voraus und etwa zehn Meilen entfernt Land gesichtet wurde.

»Rohrpenn soll herkommen!«, rief Wenzel, der auf die unerwartete Kunde nach vorn geeilt und auf die Back gesprungen war. Heinrich kam und Wenzel empfing ihn mit zornigem Blick.

»Was sagen Sie dazu, Steuermann?«, rief er. »Was ist das da?«

Heinrich beschattete die Augen mit der Hand und blickte scharf über die See hinaus.

»Das ist zweifellos Land«, antwortete er ruhig.

»Ja, es ist Land!«, rief Wenzel wütend. »Wie viele Meilen kann das Schiff während der Nacht gelaufen sein, wissen Sie das vielleicht?«

»Nicht viel«, sagte Heinrich. »Sechzig oder siebzig, höchstens.«

»Haben Sie mir nicht gestern Abend erst gesagt, dass wir in östlicher Richtung eine offene Seestrecke von dreihundert Meilen Länge vor uns hätten? Und jetzt haben wir da Land, und wenn es während der Nacht stärker geweht hätte, dann wären wir, bei dem schlechten Ausguck hier an Bord, ganz sicher aufgelaufen, weil keiner von den verschlafenen Kerlen die Gefahr bemerkt hätte. Was haben Sie zu Ihrer Entschuldigung zu sagen, Herr Navigationsoffizier? Ihre Berechnung ist falsch gewesen!«

»Meine Berechnung ist stets richtig gewesen auch gestern!«, entgegnete Heinrich heftig. »Wenn Sie etwas davon verstünden, könnten Sie sich davon überzeugen. Die einzige Erklärung, die ich für das Erscheinen des Landes da habe ist die, dass dieser Teil des großen Ozeans noch nicht gründlich erforscht worden ist und dass sich aus diesem Grund jene Insel noch nicht auf der Karte findet.«

»Bringen Sie die Karte her«, brummte Wenzel verdrossen, »wollen Sie uns noch einmal ansehen.«

Heinrich holte die Karte und breitete sie auf der Back aus.

Wenzel kniete nieder und betrachtete sie ganz genau. Er hegte offenbar den Verdacht, dass Heinrich beabsichtigt habe, das Schiff heimtückisch auf den Strand zu setzen und machte endlich auch gar kein Hehl aus diesem Argwohn.

Heinrich wies die Beschuldigung mit Empörung zurück, und es gelang ihm anscheinend auch Wenzels Verdacht zu zerstreuen.

»Wenn es sich so verhält, wie Sie sagen«, knurrte der Meuterer, »dann ist auch anzunehmen, dass die Insel bis jetzt noch nicht von zivilisierten Menschen betreten worden ist. Trifft das zu, dann ist sie gerade der richtige Ort, einen Teil von unserem lebendigen Ballast dort an Land zu schaffen.

Gehen Sie achteraus und sagen Sie den Passagieren, sie sollen sofort ihre Siebensachen zusammenpacken, da sie jetzt von Bord zu gehen hätten. Lassen Sie auch die Achterluk aufmachen und die Gepäckstücke der Herrschaften an Deck geben. Ich habe das Umhersuchen satt. Ob auf der Insel Einheimische sind oder nicht, an Land sollen und müssen sie jetzt!«

Heinrich eilte achteraus zur Kajüte wo die Passagiere im Salon versammelt waren und entledigte sich seines Auftrages.

»So weh mir auch ums Herz ist«, fuhr er dann fort, »so bin ich doch auch froh darüber, dass Sie das Schiff jetzt verlassen. Sie haben bisher unbewusst dem Banditen Wenzel als Geiseln dafür gedient, dass ich getreulich meine Pflicht tat und ich schwebte fortwährend in Angst, weil ein unbeabsichtigtes Versehen meinerseits wahrscheinlich böse Folgen für Sie nach sich gezogen hätte.«

Die Passagiere sahen erst einander an und dann bewegt auf den braven jungen Seemann.

»Wenn ich Sie alle erst an Land und in Sicherheit weiß«, redete dieser weiter, »dann habe ich freie Hand und kann eher manches wagen, was mir aussichtsvoll erscheint. Ich hoffte anfänglich, dass Kapitän Lüdemann und Steuermann Gehrke mit Ihnen zugleich ausgesetzt werden würden. Dann wäre auch ich nicht an Bord geblieben und wenn ich hätte an Land schwimmen müssen. Ich fürchte aber, dass Wenzel seinen ersten Entschluss ausführen und sie anderswo an Land schicken wird, und dann ist es meine Pflicht hier zu bleiben, solange sie an Bord sind. Jedenfalls werde ich versuchen, Ihnen vor Ihrer Abfahrt die Lage der Insel in Länge und Breite zu geben, denn wenn ich mich nicht irre, versteht Herr Eisenlohr sich auf die Navigation.«

»Ja«, erwiderte der Ingenieur, »damit weiß ich Bescheid und bin auch sonst ein leidlicher Seemann. Aber sparen Sie sich die Mühe, lieber Heinrich. Ich habe hier ...« er zog eine Taschenuhr hervor, »einen vorzüglichen Chronometer, auf Greenwich-Zeit gestellt, und unter meinem Gepäck befindet sich ein Sextant sowie einige Navigationsbücher, so dass ich, mit Hilfe der Sonne, Mond und Sternen, jede Information erlangen kann, die ich brauche. Karten habe ich allerdings nicht, dafür aber einen guten Atlas.«

»Wir werden selbstverständlich versuchen von der Insel fortzukommen und wenn uns das gelingt und wir wieder ein zivilisiertes Land erreichen, dann wird es unser erstes sein, die Behörden von dieser Meuterei in Kenntnis zu setzen, damit ein Kriegsschiff gegen die Verbrecher ausgesandt werden kann.«

»Ihnen aber, lieber Heinrich, rate ich einen Bericht niederzuschreiben, in eine Flasche zu stecken und diese über Bord zu werfen, wenn der *Paladin* in eine Gegend kommt, in der größerer Schiffsverkehr herrscht. Geben Sie darin auch die Position der Inseln an, auf denen man uns, den Kapitän und den jungen Gehrke ausgesetzt hat.«

»Das soll gewissenhaft geschehen, Herr Eisenlohr«, antwortete Heinrich leise und traurig.

»Und nun«, schloss der Ingenieur, »wollen wir einander Lebewohl sagen, da wir kaum noch eine andere Gelegenheit dazu finden dürften. Gott behüte Sie und bringe Sie wohlbehalten in Ihre Heimat zurück.«

Er schüttelte dem jungen Mann freundlich die Hand und ging dann schnell in seine Kammer. Dann kam der Abschied von dem Doktor, den Damen und den Kindern. Es wurde nur wenig dabei gesprochen. Die Kinderhände und die innigen feuchten Blicke sagten alles.

Valeska Merk war die Letzte. Sie trat an Heinrich heran und reichte ihm die zitternde, eiskalte Hand. Sie murmelte einige leise, unverständliche Worte, gab der Rechten des jungen Mannes einen raschen Druck und eilte hastig in ihre Kammer.

Heinrich bezwang seine tiefe Bewegung, suchte den Mann auf, den Wenzel zum Bootsmann gemacht hatte und befahl ihm, das Eigentum der Passagiere aus der Achterluk heraufzuschaffen. Dann ging er auf das Kampanjedeck, wo Wenzel sich inzwischen eingefunden hatte.

Seine Gedanken waren ganz erfüllt von dem Geschick der ihm lieb gewordenen Menschen, die er soeben verlassen hatte, und so benutzte er ohne Zögern die Gelegenheit das Interesse derselben wahrzunehmen.

»Die Passagiere wissen Bescheid«, begann er. »Wäre es nun nicht Menschenpflicht, ihnen Waffen mitzugeben und auch einiges Werkzeug, damit sie sich ihrer Haut wehren und ein Obdach schaffen können? Ich hoffe Sie werden nichts dagegen haben, wenn ich das Notwendigste für die armen Leute heraussuche und bereitlege, damit das Schiff an der anscheinend gefährlichen Küste nicht unnütz aufgehalten wird und vielleicht in Gefahr gerät.«

»Waffen und Werkzeug?«, brummte Wenzel verdrossen. »Wer hat davon was gesagt?«

»Sie selber, wenn ich nicht sehr irre«, erwiderte Heinrich.

»So, habe ich das?«

»Ja, besinnen Sie sich nur.«

Der Meuterer tat, als besänne er sich.

»Angenommen, Sie hätten hier zu befehlen«, sagte er, »was würden Sie den Leuten mitgeben?«

»Zunächst eins von den alten Marssegeln, die wir in der Segelkammer haben«, antwortete Heinrich, »dann für jeden zwei Gewehre, die Damen mitgerechnet. Dazu Munition, und nicht zu wenig. Ferner einige Äxte, einige Hämmer, eine Säge und ein paar Beutel mit Nägeln.«

»Sehen Sie mal, wie freigiebig Sie sind!«, entgegnete der Meuterer höhnisch. »Und was sollen die Leute mit all dem Kram?«

»Das Marssegel würde ihnen als Zelt dienen, bis sie sich ein Haus gebaut haben«, sagte Heinrich, »und wozu man Gewehre nötig hat, das brauche ich Ihnen nicht zu sagen.«

»Richtig«, erwiderte Wenzel nach einigem Zögern. »Na, denn besorgen Sie das. Aber lassen Sie mich den Kram sehen, ehe er ins Boot geschafft wird.«

Heinrich sprang davon wie aus der Pistole geschossen, um dem Meuterer nicht Zeit zu lassen, seine Meinung wieder zu ändern. Er rief den Bootsmann und einige Matrosen zu seinem Beistand und bald lag das zusammengezurrte Segel an Deck. Darauf entnahm er der Waffenkiste ein Dutzend Gewehre nebst den Bajonetten dazu und einen großen Vorrat an Munition. Dazu fügte er drei neue Äxte, zwei Hämmer, zwei Sägen, zwei Spaten, sechs Beutel mit Nägeln verschiedener Größe, ein Stemmeisen, einiges Tau- und Leinenwerk und allerlei Kochgeschirr aus verzinntem Eisenblech. Eine Kiste mit Fleischkonserven kam schließlich auch noch dazu.

Als Wenzel zum Frühstück ging, übergab er Heinrich das Kommando an Deck während seiner Abwesenheit.

Das Schiff war noch fünf Meilen von der Insel entfernt. Der junge Mann nahm sein Teleskop und begab sich damit in den Vortopp. Von hier aus gewahrte er, dass längs des ganzen Strandes eine wilde Brandung stand. Er rief den Bootsmann an und beauftragte ihn, Wenzel von diesem Umstand Mitteilung zu machen, worauf der Letztere sogleich wieder an Deck erschien.

»Vortopp ahoi!«, grölte er. »Wie weit reicht die Brandung in die See hinaus?«

»Ungefähr eine Meile, so viel ich sehen kann«, antwortete Heinrich.

»Donnerschlag! Kann da ein Boot durchkommen?«

»Nein, da ist nichts als weißes Wasser auf dieser Seite der Insel.«

»Verdammt!«, rief Wenzel. »Bleiben Sie da oben und halten Sie die Augen offen. Wir müssen versuchen, auf der Leeseite an Land zu kommen.«

Darauf beorderte er die Mannschaft an die Brassen.

»Ruder nieder!«, schrie er, achteraus gewendet. Dann folgten die weiteren Kommandos. Das Schiff drehte durch den Wind und lag eine Minute später scharf angebrasst über dem anderen Bug.

»Wir wollen die Knochen des *Paladin* nicht auf den Klippen dort lassen, wenn es nicht nötig ist!«, lachte der Meuterer. »Wie liegt er jetzt, Heinrich? Kommen wir klar?«

»Ja«, antwortete dieser. »Platz haben wir genug. Wenn da keine Strömung ist, die uns nach Lee abtreibt!«

Die Insel lag jetzt in Lee von dem Schiff. Sie zog sich auf Backbord am Horizont entlang. Unser Freund musterte das Land mit größter Aufmerksamkeit. Sollte es doch der - vielleicht lebenslängliche - Aufenthalt derjenigen werden, die ihm jetzt plötzlich so teuer, so lieb und wert geworden zu sein schienen. Sorgfältig suchte er mit dem Teleskop Punkt für Punkt der sichtbaren Teile der Insel ab.

Dieselbe mochte nach seiner Schätzung etwa sechs Meilen lang sein. Ihre andere Ausdehnung blieb ihm unbekannt. Das Land erhob sich besonders gegen die Mitte zu bedeutender Höhe. Ein mächtiger Felskamm zog sich von Küste zu Küste und fiel an jedem Ende senkrecht in die See ab, die seinen Fuß mit furchtbarer Gewalt umtoste.

Diesen Felskamm ausgenommen, war die Insel überall dicht bewaldet. Der Baumwuchs zog sich bis zum Strand hinunter. Der *Paladin* hatte jetzt einen Punkt erreicht, von dem aus Heinrich erkennen konnte, dass die lange Linie der Brandung eine Bucht umschloss, die etwa eine Seemeile im Durchmesser hatte und deren Wasser eine beinahe unbewegte Oberfläche zeigte.

Plötzlich entdeckte er an der inneren Seite des überbrandeten Riffes und in dem ruhigen Wasser der Bucht einen Gegenstand, der sich bei genauer Betrachtung als ein Wrack erwies. Er fasste sogleich den Entschluss, diese Entdeckung nicht zu melden, wohl aber, wenn irgend möglich, seinen Freunden davon Mitteilung zu machen, ehe sie das Schiff verließen.

Zu diesem Zweck riss er ein Blatt aus seinem Taschenbuch und schrieb einige kurze Bemerkungen darauf nieder, aus denen jene das Nötige ersehen konnten.

Bald hatte der *Paladin* das südliche Ende der Insel umschifft und Heinrichs Blicken erschloss sich jetzt ein großer Teil des Inneren der Insel. Felsberge mit schroffen Abhängen, manche weit über tausend Fuß hoch, ragten an verschiedenen Stellen über das hügelige Waldland empor, das nach Osten zu nach und nach abfiel und an einem mit weißem Sand bedeckten Strand endete, wo Heinrich sehr bald eine treffliche Landungsstelle wahrnahm.

Von seinem hohen Standpunkt aus, lotste er das Schiff bis in die Nähe der Küste. Hier wurde es beigedreht und nun ging er wieder hinunter an Deck.

Wenzel rief ihn achteraus.

»Jetzt wollen wir die Dinge holen, die Sie für die Passagiere gepackt haben«, sagte er. »Es scheint ja, als ob die auf ihrer Insel wie der Herrgott in Frankreich leben und nichts entbehren sollen.«

»Warum auch?«, entgegnete der junge Mann. »Sie gehen ja nicht sich selber zu Gefallen von Bord, sondern Ihnen zu Gefallen. Daher dürfen sie keinen Mangel leiden.«

»Das sollen sie auch nicht«, brummte der Meuterer, »dann lassen Sie man das Boot aufsetzen, und den Kram einladen.«

Das geschah. Nun aber stellte sich heraus, dass *ein* Boot zur Aufnahme dieser Sachen und des Gepäcks gerade eben ausreichte, so dass die Passagiere keinen Platz mehr darin finden konnten. Es musste daher noch ein zweites Boot zu Wasser gebracht werden, damit kein unnützer Aufenthalt entstände.

Endlich war alles so weit bereit, dass nur noch die Passagiere eingeschifft zu werden brauchten.

Sie hatten vergebens darum gebeten von Kapitän Lüdemann Abschied nehmen zu dürfen. Als Herr Eisenlohr am Fallreep angelangt war, blieb er stehen und erhob mit lauter Stimme Protest gegen das schreiende Unrecht, das ihm und seinen Unglücksgefährten angetan wurde.

Wenzel schnitt ihm jedoch das Wort ab.

»Dat lassen Sie man«, sagte er. »Das hilft Ihnen alles nichts. Ich rate Ihnen, sich zu sputen. Die beiden Herren müssen zuerst ins Boot gehen, damit sie den Damen und den Kindern beim Einsteigen helfen können und aufpassen, dass keins über Bord fällt.«

Der Rat war gut, und der Ingenieur befolgte ihn auch sogleich. Heinrich trat schnell an ihn heran, reichte ihm noch einmal die Hand und steckte ihm dabei unbemerkt den Zettel mit den Notizen über das Wrack zu.

In wenigen Minuten waren alle an Bord, nur Valeska fehlte noch, die jetzt aber auch über das Fallreep steigen wollte. Aber in diesem Augenblick gab Wenzel den Bootmannschaften den Befehl, abzustoßen. Zugleich sprang er von der Reling herab auf der er bis jetzt gestanden hatte.

Die Matrosen mussten darauf vorbereitet gewesen sein, denn ehe der Ingenieur recht begriffen hatte, um was es sich handelte, waren die Boote bereits fünfzig Meter vom Schiff entfernt und ruderten in voller Fahrt dem Land zu, während das verzweiflungsvolle Geschrei des zurückgelassenen Mädchens weit über das Wasser schallte.

Im ersten Moment meinten die Passagiere, dass hier eine Übereilung vorläge, dann aber durchschaute Eisenlohr die Absicht des Meuterers. Er fasste die Ruderpinne, riss sie herum und rief mit befehlender Stimme:

»Streichen auf Steuerbord! Rudern auf Backbord! Herum mit dem Boot! Ihr habt Valeska Merk vergessen!«

Die Matrosen sahen einander an und wollten dem Befehl Folge leisten, da aber sprang der neue zweite Steuermann auf, der das Boot kommandierte und den wir zu Anfang unserer Geschichte als den Matrosen Backhaus kennengelernt hatten.

»Was soll das, Sie Döskopp?«, schrie er. »Wer hat hier zu befehlen? Rudern sage nur ich oder ihr sollt was spüren, wenn ihr nächstens wieder an Bord kommt!«

»Die junge Dame da bleibt an Bord«, fuhr er zu Eisenlohr gewandt fort. »So haben wir das mit Wenzel ausgemacht, als Sie und die anderen Herrschaften ihre Sachen in der Kajüte zusammenpackten. Wir sollten die junge Dame zurückhalten als Geisel dafür, dass Heinrich Rohrpenn seine Aufgaben erledigt und nicht Verrat übt.«

»Ihr Gepäck haben wir wieder zurückgebracht, und wenn etwas davon aus Versehen mit in eines von den Booten gekommen ist, dann sollen wir es wieder mit an Bord nehmen. Die Herrschaften sollen sich nicht um die junge Dame sorgen, sagt Wenzel, sie wird als Passagier behandelt werden und wehe dem, der ihr auch nur das Geringste zuleid täte, sagt Wenzel.«

Damit setzte er sich wieder in den Sternschoten nieder. Die Matrosen ruderten aus Leibeskräften unter dem lauten Wehklagen der Damen und Kinder dem Strand zu.

Die Passagiere verließen die Boote, die Ladung derselben wurde in größter Eile an Land geschafft, und dann ruderten die Fahrzeuge zum *Paladin* zurück.

Viertes Kapitel

Warum Valeska sich über Bord stürzen will.
Niklas desertiert. - Die Aussetzung Keppen Lüdemanns und Gehrkes.
Im Hafen. - Ein Schlangenabenteuer.
Was Heinrich und Valeska in der Felsenhöhle fanden.
Verschollen.

Als Valeska gehört hatte, wie der Rädelsführer der Meuterer den Booten zurief vom Schiff abzustoßen, war sie auf das Fallreep zugestürzt, fest entschlossen, sich lieber in die See zu werfen, als allein und unbeschützt unter den wilden Gesellen an Bord zurückzubleiben. Aber so flink sie war, Wenzel kam ihr dennoch zuvor.

»Halt, meine Liebe!«, rief er und schlang die Arme um sie, »das lassen Sie nur hübsch bleiben! Ins Wasser springen wollen Sie? Daraus kann nichts werden. Sie bleiben bei uns, ergeben Sie sich also ruhig in Ihr Schicksal. Donnerschlag, wie die Lütte sich wehrt! Das hilft ihr alles nichts. Seien Sie vernünftig und hören Sie, was ich Ihnen sagen will.«

Valeska aber war ganz außer sich. Sie rang und stieß und schlug wie eine Amazone, bis sie endlich ganz atemlos und erschöpft war und notgedrungen jeden Widerstand aufgeben musste.

»So ist es recht«, sagte Wenzel grinsend, »das hätten Sie sich ersparen können. Die Boote sind schon weit weg und im Wasser da unten kreuzen mindestens sechs oder acht Haie. Die lauerten schon auf Sie und hätten nichts von Ihnen übriggelassen.«

»Lieber will ich von den Haien gefressen werden als in der Gewalt solcher Schurken zu bleiben wie Sie und Ihre Raubgenossen sind!«

Wenzel aber hatte sie bald wieder gebändigt.

»Verdammt!«, rief er, »Courage haben Sie, das muss man Ihnen lassen! Aber jetzt ist es genug. Sie hören jetzt auf sich zu wehren und zu kratzen. Gegen mich können Sie ja doch nichts ausrichten. Geben Sie sich ...«

Er unterbrach sich und ließ die junge Dame los, denn er sah Heinrich Rohrpenn schnellen Schrittes herbeikommen.

»Was soll das?«, rief dieser ihm zu. »Wie können Sie sich unterstehen, Hand an Valeska zu legen. Nennen Sie das, Ihr mir gegebenes Wort zu halten?«

»Gewiss tue ich das«, entgegnete Wenzel. »Ich wollte sie nicht ins Wasser springen lassen und dagegen hat sie sich gewehrt. Jetzt gebe ich sie in Ihre Obhut, Heinrich. Mit Ihnen wird sie sich besser vertragen als mit mir. Versuchen Sie ihr klarzumachen, dass es bei uns hier an Bord doch noch besser ist, als da unten bei den Haien.

»Was mein Versprechen anlangt, so habe ich das gehalten so gut ich konnte. Seit wir so frei gewesen sind, uns das Schiff anzueignen, sind Ihre Freunde, die Passagiere, genauso anständig behandelt worden wie vorher. Wir haben drei volle Wochen geopfert auf der Suche nach einer passenden Insel für sie, bis wir endlich eine fanden, die geradezu ein Paradies ist. Und mit der Ausstattung, die ich ihnen heute mitgegeben habe, kann doch wahrlich jeder zufrieden sein! Sie aber sind trotzdem nicht zufrieden, wie es mir scheint!«

»Nein, ganz gewiss nicht«, entgegnete Heinrich. »Diese Dame gehörte zu den Passagieren und war selbstverständlich in unser Abkommen mit einbegriffen. Trotzdem haben Sie sie gewaltsam und als Gefangene hier an Bord zurückgehalten.«

»Hören Sie, Heinrich, je weniger wir davon reden, desto besser wird es sein«, versetzte Wenzel. »Ich hätte die junge Frau Merk ohne jede Frage mit den anderen an Land geschickt. Da aber kam heute Morgen plötzlich die Insel in Sicht, die kein Mensch erwartet hatte. Behaupteten Sie doch erst noch gestern Abend, dass wir hunderte von Meilen offenes Wasser vor uns hätten. Ist das nicht so?«

Heinrich nickte.

»Na sehen Sie«, fuhr Wenzel fort. »Da wurden wir stutzig, hielten einen Rat und beschlossen, einen der Passagiere an Bord zu behalten als Bürgen dafür, dass Sie ehrlich an uns handeln und nicht hinterhältig und falsch.«

»Natürlich«, sagte Heinrich bitter, »solche Leute wie Sie sind immer misstrauisch.«

»Die Insel, mein Junge, die Insel, wo offenes Wasser sein sollte! Mussten wir da nicht auf allerlei Gedanken kommen? Genug, wir brauchten also eine Geisel, einen Bürgen. Die Eheleute wollten wir jedoch nicht voneinander trennen, auch nicht die Kinder von den Eltern. Es blieb daher niemand anders übrig, als Valeska!«

Inzwischen hatte sich eine Anzahl Matrosen um die kleine Gruppe versammelt, die mit anhören wollten, was da geredet wurde.

»Wir haben hier an Bord keine Geheimnisse voreinander, Schiffsmaaten«, sagte Wenzel zu diesen, »und so wisst ihr auch, dass Heinrich Rohrpenn nicht freiwillig bei uns geblieben ist, sondern weil wir jemanden haben müssen, der Navigation versteht.«

»Das wissen wir«, erwiderte einer der Matrosen.

»Gut«, sagte Wenzel. »Ich kenne ihn aber. Wenn er die Gelegenheit findet, uns einen Streich zu spielen und unseren Plan zu verderben, dann nimmt er diese Gelegenheit ganz sicher auch wahr, auch wenn er uns einmal sein Wort gegeben hat. Aber so lange das Mädchen an Bord ist, wird er tun was wir von ihm verlangen. Denn wenn er es nicht tut - passen Sie auf Heinrich - dann setzen wir sie in die Jolle und lassen sie einfach wegtreiben. Haben Sie das gehört, Heinrich? Na, dann wissen Sie ja jetzt Bescheid!«

»Nun noch ein Wort zu euch, Schiffsmaaten. Wer die junge Dame beleidigt, wer sie auch nur schief ansieht, der muss sterben, dem schieß ich auf der Stelle eine Kugel durch den Kopf! Merkt euch das und richtet euch danach.«

»Noch einen Augenblick!«, rief Heinrich, als die Leute sich anschickten, auseinanderzugehen. »Wenzel sagt, dass Valeska nur meinetwegen gefangen gehalten werden soll. Ich bin bereit, den schweren Eid darauf abzulegen, jeden Eid, den ihr verlangt, dass ich das Schiff nach bestem Wissen und Gewissen führen will, wohin ihr beschließt und an Bord bleiben will ich, solange ihr mich haben wollt. Aber das alles unter der Bedingungen, dass ihr Valeska sogleich zu ihren Freunden und Verwandten an Land schickt.«

»Das können und dürfen wir nicht, Heinrich«, entgegnete Wenzel. »Jetzt ist es dir ernst mit dem was du sagst. Wenn aber die Versuchung kommt uns zu verraten, und sie wird kommen, dann wirst du ihr nicht widerstehen können. Nee, mein Jung, die Deern bleibt an Bord.«

Jetzt nahm Valeska das Wort.

»Demütigen Sie sich nicht noch mehr vor diesen Leuten, Herr Rohrpenn«, sagte sie, »es wäre vergebens, und sorgen Sie sich nicht um mich. Gott wird mich beschützen.«

Damit ging sie achteraus und verschwand in ihrer Kammer.

Finster und in sich gekehrt lief Heinrich eine Weile an Deck auf und ab. Dann stellte er sich an die Reling und schaute verloren über die See hinaus.

Wenzel saß bei den Kreuzwanten auf der Reling und sah zu der Insel hinüber. Die Boote waren halb auf den Strand gezogen, auf dem Dollbord eines jeden saß ein Matrose als Wächter, aber von den übrigen Leuten war nichts zu sehen. Der Meuterer zerbrach sich den Kopf darüber wo sie wohl stecken mochten.

»Oh Männer!«, brummte er grimmig. »Kommt ihr mal an Bord, dann werde ich euch etwas erzählen!«

Als nach Verlauf einer Viertelstunde die Boote noch immer verlassen auf dem Strand lagen, gab er Befehl, aus den Signalkanonen einige Schüsse abzufeuern. Aber mehr als ein Dutzend Patronen musste verknallt werden, ehe die Matrosen aus dem Wald kamen und zu den Booten hinunterrannten, und nach etwa zwanzig Minuten standen die beiden Bootsführer vor ihrem erzürnten Oberhaupt auf dem Achterdeck.

»Was habt ihr so lang an Land zu tun gehabt, Backhaus und du, Martin?«, schnaubte Wenzel sie an. »Seid wohl ein bisschen im schönen grünen Wald spazieren gegangen, während alle Mann hier auf euch warteten? Nehmt die Boote an Bord und dann brasst voll. Wir müssen machen, dass wir hier wegkommen.«

»Langsam, Kaptein«, entgegnete Backhaus. »Ich muss dir etwas erzählen, was dir nicht angenehm sein wird. Einer von unseren Leuten ist an Land verschwunden. Wir waren hinter ihm her und haben ihn überall gesucht, aber wir haben ihn nirgends gefunden. Darum sind wir so lang weggeblieben.«

»Wer ist der Halunke?«, fragte Wenzel.

»Niklas ist das«, antwortete Backhaus, »der die Bewachung von Keppen Lüdemann übernommen hatte.«

»So, also der!«, knirschte Wenzel wütend. »Den müssen wir wieder holen. Nehmt eure Bootsmannschaften, gebt jedem ein Gewehr und ein Dutzend Kugelpatronen und dann wieder fort an Land. Jagt hinter dem Hund her und schafft ihn mir an Bord, tot oder lebendig! Ich gehe mit dem Schiff zu Anker und warte auf euch und solltet ihr auch eine ganze Woche wegbleiben!«

»So lange sollte das nicht dauern«, lachte Backhaus, »den fangen wir heute noch! Kommt, Maaten!«, rief er seinen Leuten zu. »Holt euch die Gewehre und die Munition! So eine Menschenjagd haben wir nicht alle Tage!«

Die Leute waren aus den Booten an Deck gekommen und hatten die zwischen Wenzel und Backhaus gewechselten Reden mit angehört. Sie schienen jedoch ganz anders über die Sache zu denken als der Letztere und keiner machte Miene, der Aufforderung von Backhaus zu folgen.

»Zum Deubel!«, rief Backhaus erstaunt, »was ist das hier? Wollt ihr ...«

Er wurde von einem Matrosen unterbrochen.

»Such dir einen anderen an meiner Stelle«, sagte der Mann. »Ich versteh mich nicht auf Menschenjagd.«

»Ich auch nicht«, stimmte ein anderer bei, »und ich habe auch gar keine Lust dazu.« Die Übrigen stimmten zu.

Jetzt kam Wenzel in hellem Zorn herbei und packte einen der Männer beim Kragen. »Also du willst nicht, sagst du, du willst nicht?«

»Nee, Maat, ich will nicht«, antwortete der Mann, »hast das nicht gehört? Und jetzt lass mich los, ich sag dir das im Guten. Mach hin, denn sonst geht es dir schlecht!«

Wenzel wurde leichenblass vor Wut. Aber er war klug genug, seine Hand vom Kragen des Mannes zu nehmen und vorsichtig einige Schritte zurückzutreten.

»Was soll das heißen, Schiffsmaaten?«, rief er dann. »Wollt ihr meutern, ehe unsere Kreuzfahrt begonnen hat?«

Ein lautes Gelächter antwortete ihm.

»Meutern sagst du, Keppen Markus?«, fragte der Mann, der zuletzt geredet hatte. »Meinetwegen kannst du das so nennen. Auf jeden Fall gehe ich nicht auf Menschenjagd. Davon war keine Rede, als du uns überredet hast, mit dir auf Seeraub zu gehen. Und wenn Niklas desertieren will, dann lass ihn, dem hat es hier an Bord wohl nicht mehr gefallen.«

»Das sage ich auch«, sagte ein anderer der Männer. »Und gefallen hat ihm das hier nicht, das habe ich ihm oft genug angesehen. Lass ihn laufen, wohin er Lust hat.«

Da die Mehrzahl der Leute derselben Meinung war, machte Wenzel gute Miene zum bösen Spiel.

»Wie ihr wollt, Maaten«, sagte er ruhig. »Ich dachte nur an euch, denn ihr habt jetzt die Arbeit des davongelaufenen Kerls mitzutun. Bringt die Boote binnenbords und brasst die Rahen vierkant! Lass die Mars- und Bramsegel setzen, Backhaus!«

Die Kommandos wurden prompt und schnell ausgeführt. Eine auffrischende Brise füllte die Segel des vor dem Wind über die bewegte See davonrauschenden Schiffes, und nach zwei Stunden lag die Insel so weit hinter ihm, dass eine Landratte sie für eine am Horizont schwebende Wolke gehalten hätte.

Während des ganzen Tages wurde das Schiff auf östlichem Kurs gehalten. Bei Sonnenuntergang hatte es eine Strecke von siebzig Meilen zurückgelegt. Auf Heinrichs Verlangen wurden jetzt die Segel gekürzt. Er berief sich auf das Erlebnis am Morgen und hielt die größte Vorsicht beim Befahren dieser nur zum Teil bekannten See für unerlässlich.

»Ja, ja«, sagte Wenzel grinsend zu Backhaus, »das kommt davon, weil die Deern an Bord ist. Wir werden jetzt nicht so leicht wieder über Inseln stolpern.«

Es stellte sich bald heraus, dass Heinrichs Vorsorge sehr angebracht gewesen war. Gegen Mitternacht meldete der Ausguck Brandung voraus, und das Schiff konnte gerade noch mit knapper Not in den Wind gebracht werden und so einer Katastrophe entgehen.

Da in der Dunkelheit nicht zu erkennen war, ob jenseits der Brandung Land lag, auch nicht, wie weit die Klippen sich nach beiden Seiten erstreckten, ließ Wenzel alle Leinwand bis auf die nötigsten Segel fortnehmen, dann eine Strecke südwärts steuern und das Schiff beidrehen, um so den Tagesanbruch zu erwarten.

Bei Sonnenaufgang wurde eine kleine Insel sichtbar, an deren Gestade eine hohe Brandung stand. Wenzel ließ darauf abhalten und in einiger Entfernung vom Land backbrassen.

»Was meinen Sie, Heinrich«, sagte er, als er neben seinem jungen Segelmeister auf dem Kampanjedeck stand und mit diesem das Land betrachtete, »würde das nicht ein ganz netter Aufenthalt für den alten Lüdemann sein?«

»Ja«, antwortete Heinrich, »ich meine, einen passenderen könnten wir kaum finden.«

Er war innerlich erfreut über die Aussicht, den Kapitän so nahe jener anderen Insel an Land gesetzt zu sehen.

»Auf der Insel da könnten hundert Menschen ihr Leben fristen, wenn es darauf ankäme«, fuhr er fort. »Sie liegt weit abseits von allen Fahrstraßen und ich glaube sicher, dass wir auf ihrer Leeseite ruhiges Wasser und einen Ort zum Landen finden werden.«

»Das glaube ich auch«, sagte Wenzel. »Wir wollen um sie herumsegeln, dann können wir die Leeseite sehen. Sagen Sie inzwischen Keppen Lüdemann und auch dem jungen Gehrke

Bescheid, sie sollen sich bereithalten das Schiff zu verlassen, denn ich will sie beide hier an Land setzen. Auch können sie sich allerlei Ausrüstung heraussuchen, die wir ihnen außer ihren eigenen Sachen mitgeben wollen. Wir empfinden keine persönliche Feindschaft gegen sie und es wird uns später eine Befriedigung sein, sagen zu können, dass wir sie mit allem Nötigen ausgerüstet hatten.«

Heinrich eilte davon.

Der Kapitän und sein Leidensgefährte wurden immer noch in der Kammer im vorderen Deckhaus gefangen gehalten. Die Tür war von außen durch eine Klampe und einen Pflock verschlossen. Heinrich entfernte beides und trat ein. Aber sogleich prallte er wieder zurück.

Die Gefangenen saßen einander gegenüber an einem kleinen Tisch, ihre Füße in Eisen. Man hatte sie nicht vernachlässigt, das war ihnen selbst und ihrer Kleidung anzusehen. Heinrichs Erschrecken wurde durch den Anblick verursacht, den das Gesicht des alten Schiffers bot. Der Mann schien um zwanzig Jahre gealtert zu sein, seit er ihn zuletzt gesehen hatte. Seine Haare waren fast weiß geworden und sein Körper zum Skelett abgemagert. Er sah aus wie ein Achtzigjähriger.

Bei Heinrichs Eintritt waren beide aufgestanden. Keppen Lüdemann streckte ihm die Hand entgegen und sagte:

»Endlich, endlich! Ich wusste, dass Heinrich Rohrpenn mir treu bleiben würde, habe ich das nicht immer gesagt, Gehrke? Und jetzt kommt er und bringt uns gute Nachricht, das sehe ich seinem Gesicht an! Was ist es Heinrich? Raus damit! Lass uns nicht lange darauf warten!«

Das sehnende Hoffen, das aus das alten Mannes Worten klang, gab Heinrich einen Stich ins Herz. Er musste jedoch seinen Auftrag ausrichten und bemühte sich, es so schonend wie möglich zu tun.

»Ich bringe eine Nachricht, die sich hoffentlich bald als eine Gute erweisen wird«, sagte er. »Das Schiff ist noch in den Händen der Meuterer, die Passagiere sind auf einer Insel ausgesetzt, alle mit Ausnahme von Valeska. Mich hat Wenzel hergeschickt, Sie aufzufordern sich fertig zu machen auf jener Insel an Land zu gehen, die Sie dort durch das Fenster sehen können. Sie und Robert Gehrke. Ich hoffe, dass Sie das gern vernehmen, denn Sie werden dort frei sein, frei und imstande, Mittel zu ersinnen und ins Werk zu setzen, die Sie wieder in die Heimat bringen können.«

»Hm«, sagte der Schiffer. »Also so liegt die Sache. Hm. Und was für eine Rolle spielst du hier an Bord?«

»O, bitte, Keppen Lüdemann, reden Sie nicht so mit mir!«, entgegnete Heinrich, tief und schmerzlich verletzt durch den Verdacht, der aus des Schiffers Worten sprach, »ich bin hier ebenso ohnmächtig wie Sie.«

Und in kurzen Worten schilderte er die Zwangslage, in der er sich befand und die Ursache, weshalb Valeska an Bord zurückgehalten worden war. Der Schiffer hatte alles bald verstanden. Er bat Heinrich, ihm seinen Argwohn zu verzeihen und fragt ihn dann, wo die Passagiere an Land gesetzt worden seien.

»Auf einer Insel, die genau hundert Meilen und direkt nach Westen von hier liegt«, sagte Heinrich.

»Also hundert Meilen westlich von dem Eiland auf dem sie uns aussetzen wollen?«

»Ja«, bestätigte der junge Mann. »Ich glaube übrigens, dass jene Insel, das heißt ihr höchster Gipfel bei klarem Wetter von dem höchsten Punkt dieses Eilands aus zu sehen sein muss.«

»Vortrefflich«, erwiderte der Schiffer. »Dann wird es möglich sein, von unserer Insel aus dorthin zu gelangen. Wenn wir das nötige Werkzeug mitkriegen, dann ist ein Fahrzeug bald zurechtgezimmert.«

»Ganz recht, Keppen Lüdemann«, sagte Heinrich. »Daran dachte auch ich sogleich, als Wenzel mir seine Absicht Sie hier auszusetzen mitteilte.«

»Das war gescheit, mein lieber Junge. Sorge nun für Schießgewehre und Munition, für Zimmermannswerkzeug und Nägel, für Taugut und Segeltuch und vergiss auch nicht

Proviant und Wasser und dann wollen wir in Gottes Namen an Land gehen. Deinetwegen, Heinrich«, so schloss der Schiffer, »ist mir nicht bange. Du bist klug, entschlossen und umsichtig und wirst bald Gelegenheit haben aus der Gewalt der Meuterer zu entkommen und das Mädchen in Sicherheit zu bringen. Lebewohl, mein Jung, leb wohl!«

Heinrich drückte den beiden noch einmal die Hände und dann machte er sich eilig daran, die von dem Schiffer gewünschten Gegenstände bereitzulegen.

Er war kaum damit zu Ende, als das Schiff um die Inselspitze herumlief und die ganze Insel sich von der Leeseite den Blicken der Seefahrer darbot. Sie war nur ein kleines Stück Land, höchstens drei Meilen lang und ungefähr zwei Meilen breit. Der höchste ihrer Berge maß etwa zweihundert Fuß über dem Meeresspiegel. Wie die Insel der Passagiere, so war auch diese dicht bewaldet.

Wenzel ließ die Rahen backbrassen und das Boot zu Wasser bringen.

»Die beiden könnten es gar nicht besser haben als auf diesem Eiland«, sagte er, sein Teleskop zusammenschiebend. »Fettes fruchtbares Land und keine Spur von Bewohnern. Schafft den Kram da ins Boot und vorwärts mit ihnen. Backhaus, nimm Keppen Lüdemann und Robert Gehrke die Eisen ab!«

Backhaus tat wie ihm geheißen. Dann kam er wieder achteraus mit der Meldung, dass der Schiffer bitten möge, von Valeska Abschied nehmen zu dürfen.

»Nichts da!«, rief Wenzel grob, »das gibt nur unnötiges Gewinsel! Ist das Boot klar?«

»Alles klar!«, antwortete der Bootsmann Martin von dem Fallreep her.

Dann hinein mit ihnen und in einer halben Stunde habt ihr wieder an Bord zu sein!«

Die beiden Gefangenen erschienen in der Mitte von vier Matrosen an Deck und schritten ohne um sich zu blicken dem Fallreep zu. Als Wenzel den so traurig veränderten alten

Schiffer gewahrte, wandte er sich schnell ab und starrte auf die See hinaus.

Gehrke und ein Matrose halfen dem Bedauernswerten über die Reling und hinunter ins Boot, das sogleich abstieß und auf die Insel zuhielt.

Eine Stunde später lag das kleine Eiland schon wieder weit zurück im Kielwasser des *Paladin*. Heinrich hatte auf Befehl des »Keppen« Wenzel die Karte herbeigeholt und auf dem Gangspill ausgebreitet. Nun standen der Meuterer und sein Freund Backhaus davor und musterten das bunte Gewirr auf dem Papier mit dem Ausdruck tiefster Weisheit auf den wettergebräunten, von zottigen Bärten umrahmten Gesichtern.

»Sieht das hier nicht ganz verrückt und gefährlich aus?«, sagte Wenzel, indem er mit einer schnellen Fingerbewegung um die Gegend herumfuhr in der Borneo, Celebes, Neuguinea und die Nordküste von Australien lagen.

»Ja, Maat, verteufelt kurios«, nickte Backhaus langsam und mit großem Ernst.

Und wieder vertiefte sich das Paar minutenlang und mit größter Aufmerksamkeit in die Geheimnisse der Karte, zur Belustigung Heinrichs, der von seiner Heiterkeit jedoch nichts merken ließ.

»Dann ist das ja wohl gut so«, sagte Wenzel endlich, als wäre er über einen schwierigen Punkt jetzt mit sich völlig klar geworden.

»Komm, Heinrich, und zeig uns wo wir jetzt sind.«

Der junge Mann tippte mit dem Zeigefinger auf eine leere Stelle in der Karte.

»Hier«, sagte er.

»Ganz recht«, nickte Backhaus mit großer Bestimmtheit, »das ist unser Standort.«

Wenzel warf ihm grinsend einen Seitenblick zu, wusste er doch, dass der neugebackene zweite Steuermann von der Karte so wenig verstand wie eine Robbe vom Mond. Dann wandte er sich an Heinrich.

»Was wir nun zunächst brauchen«, sagte er, »das ist ein guter Hafen, wo das Schiff in jedem Wetter sicher geborgen ist, wo wir es auf die Seite legen und seinen Boden von Kraut und Muscheln reinigen und wo wir auch Lagerhäuser und Schuppen und all so etwas bauen können.«

»Ich verstehe«, erwiderte der junge Mann, »aber es ist nicht leicht solch einen Platz zu finden.

»Das wissen wir«, entgegnete der Meuterer scharf. »Die Frage ist, wo haben wir danach zu suchen? Der Ort muss in einer Gegend liegen wohin so leicht kein anderes Fahrzeug kommen kann.«

»Dann möchte ich vorschlagen, hier in dieser Gegend zu bleiben«, sagte Heinrich. »Sie sehen, dass hier auf der Karte überall zu lesen ist »unbekannt«, und ich meine, dass es nicht mehr viele solcher Stellen in anderen Teilen des Ozeans gibt, ausgenommen in der Nähe des Nord- und Südpols.«

»Gut«, erwiderte Wenzel, »in dieser Sache müssen wir uns auf Sie verlassen, wir wollen daher diese unbekannte Gegend der See absuchen. Sie wissen am besten wie das zu geschehen hat. Geben Sie also Ihre Orders, und ich werde dafür sorgen, dass sie ausgeführt werden.«

Um die Mittagszeit des siebten Tages nach der Aussetzung des Kapitän Lüdemann und des jungen Gehrke wurde vom Ausguckmann auf der Bramrah Land über dem Backbordbug gemeldet.

Das Land erwies sich als eine große Insel. Wenzel ließ darauf abhalten und entdeckte bald durch das Teleskop an der wild umbrandeten Felsenküste eine Einfahrt. Unweit derselben wurde das Schiff beigedreht. Man brachte ein Boot zu Wasser, und Heinrich und Backhaus machten sich auf den Weg, die Einfahrt und was dahinter lag zu erforschen.

Die Insel war etwa zehn Meilen lang und ihr höchster Punkt lag ungefähr vierhundert Fuß über der See.

Nach Heinrichs zuletzt ausgerechneter Position lag sie Nordost zu Ost vor der Insel auf der der alte Schiffer mit seinem Unglücksgefährten saß und genau zweihundert Meilen davon entfernt.

Die Einfahrt erwies sich als ein sich nordwestlich in das Land hineinziehender, über eine Meile langer Kanal, der sich zwischen steilen, hundertfünfzig bis dreihundert Fuß hohen Felswänden hinzog, die mit üppiger Vegetation bedeckt waren, mit Land in jeder Schattierung von Grün, mit wunderbar prächtigen Blumen und Blüten in reinstem Weiß, in zartestem Rosa, in reichstem Goldgelb, in brennendem Scharlachrot, in Blau und Violett.

An seinem Ende bog der Kanal in ein großes rundes Becken ein, das eine Meile im Durchmesser haben mochte und durch hohe Felswände nach allen Seiten völlig geschützt war. Die Lotungen ergaben eine Durchschnittstiefe von acht Faden. Aus diesem Becken führte ein ganz kurzer Kanal in ein zweites, größeres und ebenso geschütztes.

Der gewünschte Hafen war gefunden, und Heinrich kehrte mit dieser Botschaft zu dem hocherfreuten Wenzel zurück.

Am folgenden Tag lotste Heinrich den *Paladin* durch den Kanal in das erste Becken hinein, der dann an einer Stelle wo das Gestade sandig war und sanft zum Wasser abfiel, den Anker fallen ließ.

Das war ein Schlupfwinkel wie eine Seeräuberbande ihn sich nicht besser wünschen konnte. Um das Ereignis zu feiern, erhielten alle Mann den Tag darauf Urlaub an Land zu gehen, um dort nach Herzenslust herumzustreifen und auf Entdeckungen auszugehen.

Um nicht Misstrauen zu erwecken, verlangte Heinrich für sich und Valeska die gleiche Vergünstigung, die ihm von Wenzel auch gern gewährt wurde. Und so machten sich die beiden dann auch gleich nach dem Frühstück in der Jolle auf die Fahrt zum Strand nachdem Heinrich noch einen Korb mit Proviant in dem Fahrzeug verstaut hatte.

Auch Waffen vergaß er nicht. Valeska nahm zwei kleine Revolver mit, die er ihr gleich nach der Aussetzung der anderen Passagiere zugesteckt hatte, um sich im Notfall damit verteidigen zu können. Er selbst trug ebenfalls ein Paar Revolver neben einem Beil in seinem Waffengurt, und im Bug der Jolle lagerte wie ein Geschütz ein Schiffsgewehr auf der aufgeschossenen Fangleine.

Um nicht mit den anderen Leuten an Land zusammenzutreffen, rojte er in das zweite Becken hinein und fand hier an dem vielfach zerklüfteten Strand auch bald eine kleine sandige Bucht, wo er mit seiner Begleiterin aussteigen und die Jolle aufs Land ziehen konnte, denn auch in diesem abgeschlossenen Wasserbecken machten sich die Gezeiten noch stark bemerkbar.

Die Berghänge stiegen hier so sanft an, dass sie eine weite Strecke landeinwärts marschieren konnten. Das dichte Gras reichte ihnen bis zum Bauchnabel. Überall erhoben herrliche Blumen ihre großen, seltsam geformten Blütenköpfe, und Valeska konnte, nach Mädchenart, nicht unterlassen, einige davon zu pflücken.

Allein, auch in diesem Paradies fehlte die Schlange nicht, denn als sie die Hand nach den azaleenartigen Blüten eines Strauches ausstreckte, hörte sie plötzlich ein lautes, scharfes und so drohendes Zischen, dass sie, einen Schreckensruf ausstoßend, hastig zurückwich, gerade noch zur rechten Zeit, um dem Biss der Schlange zu entgehen, die ihren herzförmigen Kopf aus dem Blätterwerk hervorschnellte unter dem sie versteckt gewesen war.

Heinrich, der sich dicht neben ihr befand, riss mit großer Geistesgegenwart einen Revolver aus dem Gurt, feuerte und traf so glücklich, dass der Schuss dem Reptil den Kopf abriss.

»Sind Sie gebissen worden?«, fragte er dann ängstlich.

»Nein, antwortete Valeska, »ich fuhr so schnell zurück, dass ich der Gefahr entging. Glauben Sie, dass die Schlange giftig war?«

»Das wollen wir gleich sehen«, sagte Heinrich, und nach einigem Suchen fand er den abgerissenen Kopf im Gras und zeigte ihn seiner schaudernden Gefährtin.

»Das Geschöpf war tatsächlich giftig«, erklärte er. »Sehen Sie diese herzförmige Form des Kopfes. Alle Giftschlangen haben derartig geformte Schädel. Und hier ...« Er drückte den Halsstumpf unmittelbar hinter den Kiefern zusammen, wodurch der Rachen sich öffnete. »Sehen Sie hier die beiden dünnen, gebogenen Zähne, einen auf jeder Seite des Oberkiefers? Das sind die Giftzähne. Und diese Anschwellungen des Zahnfleisches unten an den Fängen sind die Giftbeutel. Die werden beim Zubeißen zusammengedrückt, das Gift fließt durch die hohlen Zähne in die Wunde des Opfers und das Unglück ist geschehen. Sie können von Glück sagen, Valeska!«

Nach diesem Abenteuer setzten sie ihren Weg mit größerer Vorsicht fort. Dabei gelangten sie zu einer kleinen Gruppe von Bananenbäumen, von denen große Trauben mehr oder weniger reifer Früchte herabhingen. Heinrich schnitt einige dieser Früchte ab und reichte sie Valeska.

»Das sind Mädchenfinger«, sagte er lächelnd, »so werden sie genannt, weil sie so klein und zart sind. Ich glaube nicht, dass Sie diese Bananenart schon einmal probiert haben, denn, obwohl sie wohlschmeckender ist, als alle anderen, so kommt sie doch niemals nach Europa, weil sie den Transport nicht verträgt.«

Tiefer im Wald wanderten sie unter so dichten ineinander verschränkten und mit Schlinggewächsen durchwobenen Baumkronen entlang, dass sie sich in beinahe vollständiger Dunkelheit befanden. Nur wo ab und zu ein Sonnenstrahl eine Lücke im Blätterdach fand, da zeigte sich unten am Boden ein lichtgrüner, einige Quadratmeter großer Fleck.

Die Kontraste dieser erleuchteten Stellen gegen die dunkle Umgebung und die schwarz vor ihnen niederhängenden, schlangenhaften und armdicken Lianen waren höchst seltsam. Seltsam und zauberhaft war auch das hundertfältige Leben in diesen Sonnenlichtungen. Große, prachtvoll gefärbte Schmetterlinge gaukelten darin umher, bunte Vögel huschten kreuz und quer hindurch, und unzählige andere fliegende

Geschöpfe von Formen und Farben, wie sie Heinrich und Valeska nie für möglich gehalten hätten, führten unaufhörliche Tänze auf mit einem vielstimmigen Gesumme, das weit in den Wald hinein hörbar war.

Nach und nach meldete sich der Hunger bei den beiden. Sie kehrten daher zu der Jolle zurück, die ihre Essvorräte barg. Während sie aßen, ließ Heinrich sein scharfes Auge über eine hoch und steil aufragende Stelle des Ufers schweifen, an deren Fuß eine Felsspalte im Wasser lag, deren regelmäßige Gestaltung künstlich zugehauen zu sein schien.

Er brachte das Fahrzeug dorthin, stieg auf die Platte, wobei er nicht vergaß, die Fangleine mitzunehmen und in den starken Ast eines Busches zu schlingen und begann die Felswand hinter der Platte näher zu untersuchen. Seine Überraschung war groß als er unter dem alles überwuchernden Strauchwerk Stufen entdeckte. Eine Treppe, die nach schräger Richtung aufwärts führte und, ihrer Beschaffenheit nach zu urteilen, in grauer Vorzeit in die Steinwand gehauen sein mochte.

Er machte Valeska darauf aufmerksam, worauf auch diese aus dem Boot stieg und dieses alte Kulturzeichen gleichfalls in Augenschein nahm.

»Wohin die Treppe wohl führen mag?«, fragte sie.

»Wenn es Ihnen recht ist und Sie einige Minuten hier allein bleiben mögen, dann will ich eine Strecke hinaufsteigen«, entgegnete Heinrich. »Vielleicht gibt es da etwas zu entdecken. Von hier unten ist außer einem Dutzend Stufen nichts zu erkennen, da alles so dicht bewachsen ist. Habe ich also Ihre Erlaubnis?«

»Gewiss«, antwortete Valeska. »Sorgen Sie nur dafür, dass Sie heil und gesund wieder herabkommen. Ich gestehe, dass ich auf die Kunde, die Sie mir bringen werden, sehr neugierig bin.«

Ohne noch länger zu zögern, klomm Heinrich die Stufen hinauf und war bald aus Valeskas Blickfeld. Aber nicht nur einige Minuten dauerte seine Abwesenheit, sondern eine gute Viertelstunde verging, ehe das Mädchen ihn wieder durch die dichte Vegetation herabkommen hörte. Ehe sie seiner noch ansichtig wurde, rief er ihr schon zu: »Sie müssen mit hinaufkommen, Valeska! Die Treppe ist ganz ungefährlich für Sie und oben gibt es etwas höchst Merkwürdiges zu sehen!«

Dann stand er vor ihr, sein Gesicht war ganz rot vor Aufregung.

»Wollen Sie?«, fragte er.

»Wenn Sie mir dazu raten, gern«, antwortete sie.

Er ergriff ihre Hand und begann mit ihr abermals den Aufstieg, wobei er mit seinem Beil die Sträucher beseitigte, die allzu weit in den Weg hineinragten.

»Und nun zur Höhle«, sagte Heinrich.

»Wie, eine Höhle haben Sie hier gefunden?«, fragte sie.

»Ja, kommen Sie nur.«

Er führte sie zu einer Öffnung in der zerklüfteten Felswand, die acht Fuß breit und ebenso hoch sein konnte. Sie gingen hinein und gelangten durch einen kurzen Gang in eine große Höhle. Da sie aus dem grellen Sonnenlicht kamen, erschien ihnen dieses Berginnere zuerst stockfinster und es dauerte eine Minute ehe sie in dem hier herrschenden Zwielicht ihre Umgebung erkennen konnten.

Jetzt machte Heinrich seine Gefährtin auf die verschiedenen Gegenstände aufmerksam, die hier aufgestapelt waren. In einer Ecke lag ein Haufen von Waffen, Speeren und Schilden. Alle Metallteile waren mit einer dicken Kruste von Rost und Staub überzogen. Unweit davon standen zwanzig tönerne, krugähnliche Gefäße, zwei Fuß hoch und zwanzig Zoll im Durchmesser. Sie waren außerordentlich schwer, wie Heinrich herausfand als er eins davon in das hereinfallende Tageslicht rücken wollte. Ihre Öffnungen waren mit einem festen Gewebe überbunden, das mit einer wachsähnlichen Substanz durchtränkt zu sein schien.

Heinrich schnitt den Verschluss eines der Gefäße durch. Der Inhalt bestand anscheinend aus grobem, gelblichem, glitzerndem Sand. Er nahm eine Handvoll heraus und ging damit ans Tageslicht. Gleich darauf kehrte er eiligst zurück.

»Das ist Goldstaub, Valeska!«, rief er voller Freude. »Goldstaub! Unser Glück ist gemacht!«

»Das wäre ja gut«, entgegnete ihm Valeska. »Aber täuschen Sie sich nicht? Woher wissen Sie, dass es Goldstaub ist?«

»Das erkenne ich am Aussehen und am Gewicht«, antwortete Heinrich. »Ich war in Brisbane in Australien, wo man viel Goldstaub zu sehen bekommt. Nehmen Sie eine Handvoll auf, dann werden Sie überzeugt sein. Ich werde noch ein paar von den Krügen aufmachen um festzustellen, ob alle den gelben Sand enthalten.«

Die Gefäße waren voll mit dem kostbaren Metall.

»Jetzt wollen wir die Ballen dort untersuchen«, fuhr er fort, nachdem er einen Blick in die Runde geworfen hatte.

Auch die Ballen waren in wachsgetränkte Stoffe gehüllt, deren äußere Lagen sich als größtenteils verrottet erwiesen. Er schnitt eine Öffnung in einen Ballen und sah nun, dass der Inhalt aus allerlei prachtvollen Geweben bestand, aus feinem, buntgefärbtem Leinen, golddurchwirktem Brokat und anderen Gewandstoffen, die Valeska in helle Bewunderung versetzten.

In einem anderen Teil der Höhle entdeckten die beiden Abenteurer einen Stapel von mindestens hundert großen, von Alter und Staub geschwärzten Elefantenzähnen und unweit davon eine Menge viereckiger Pakete von Mauersteingröße, die sich als ziegelförmige Klumpen gediegenen Goldes erwiesen. Jeder Einzelne war in Wachstuch eingebunden.

Dicht bedeckt mit Staub und Moder stand bei einem der Ballen ein kleiner Kasten aus halb vermodertem Holz, den Heinrich mit seinem Beil leicht aufbrechen konnte. Derselbe war angefüllt mit einigen Wachstuchpäckchen, die teils Perlen von seltener Größe und Schönheit, teils allerlei edles Gestein enthielten.

Die jungen Leute standen wie geblendet.

»Valseka«, rief Heinrich, als er Worte fand, »wir sind reich! Wir müssen jetzt so schnell wie möglich versuchen, den Banditen zu entkommen und dann werde ich Mittel und Wege finden, wieder hierherzukommen und diese unermesslichen

Schätze in Sicherheit zu bringen. Zunächst aber wollen wir so viel von diesen Perlen und Edelsteinen zu uns stecken wie wir fortbringen können und sie an Bord in unseren Kammern verstecken und dies, so oft wir noch an Land kommen, wiederholen, bis wir den ganzen Inhalt des Kastens an Bord haben. Also greifen Sie zu, Valeska, Sie sehen, ich gehe Ihnen mit gutem Beispiel voran. Wir müssen uns sputen wieder an Bord zu kommen.«

»Aber Herr Rohrpenn«, entgegnete Valeska, »haben wir auch das Recht, diese Dinge mitzunehmen? Sie müssen doch zweifellos jemandes Eigentum sein.«

Heinrich lachte.

»Ich habe nicht die leiseste Ahnung davon, wer der rechtmäßige Eigentümer dieser Schätze gewesen sein mag«, erwiderte er, »soviel aber weiß ich, dass er seit Generationen, seit Jahrhunderten schon Staub und Asche ist, ebenso wie die Piraten, die ihren Raub in dieser abgelegenen Höhle aufbewahrt haben. Die Geschichte, die sich an diese Gegenstände knüpft, ist sicherlich hochinteressant, aber ich fürchte, dass wir beide nie ein Wort davon erfahren werden. Seien Sie versichert, Valeska, dass wir als die Entdecker ein größeres Recht an diesen Funden haben, als irgend ein anderer lebender Mensch auf der ganzen Welt.«

Das leuchtete dem Mädchen ein und sie gab sich zufrieden. Anderthalb Stunden später langten die beiden Abenteurer wieder an Bord des *Paladin* an. Die anderen Urlauber waren noch nicht zurückgekehrt. Auf Heinrichs Anregung verstaute Valeska die mitgebrachten Kostbarkeiten in ihrem Koffer und während dieser Zeit berichtete der junge Mann dem Gewalthaber Wenzel nach Gutdünken, was sie an Land gesehen und erlebt hatten. Nach einer halben Stunde fanden sich auch die Matrosen wieder an Bord ein.

Am nächsten Morgen begann die Arbeit. Ein Teil der Mannschaft nahm die Segel ab und brachte die Stengen und oberen Rahen an Deck, ein anderer Teil ging unter Wenzels Führung an Land, um Holz für die zu errichtenden Gebäude zu fällen. Es sollten ein Wohnhaus, mehrere Schuppen und Lagerhäuser und eine Küche errichtet werden.

Es lag in des Meuterers Plan, das Schiff innerlich und äußerlich zu überholen, ihm einen anderen Anstrich zu geben und die Takelung so zu verändern, dass niemand mehr den *Paladin* in ihm wiedererkennen sollte.

Ehe das alles ausgeführt war, musste eine ziemliche Zeit vergehen und da während dieser niemand an Bord wohnen bleiben konnte, bewog Heinrich den »Kaptein«, für Valeska an Land eine Hütte errichten zu lassen. Er selber schlug für sich in der Nähe ein Zelt auf, um stets über ihre Sicherheit wachen zu können.

Inzwischen war der *Albatroß* nach einer schnellen und glücklichen Reise wohlbehalten in Melbourne angekommen und Kapitän Scherk rieb sich zufrieden die Hände als er vernahm, dass man hier vom *Paladin* noch nichts gesehen oder gehört habe.

Eine Woche verging, der *Albatroß* hatte eine Ladung gelöscht und wartete auf die neue Ladung für Hamburg und noch immer war der *Paladin* nicht eingelaufen.

Keppen Scherk wusste was für ein trefflicher Segler das Schiff seines Freundes Lüdemann war und konnte sich daher das Ausbleiben desselben nicht anders erklären, als dass der *Paladin*, nachdem er sich im Atlantischen Ozean von ihm getrennt hatte, in einen Streifen von Gegenwind oder gar Windstillen geraten sein musste, dem der *Albatroß* glücklich entgangen war. Als jedoch abermals eine Woche verstrich und Keppen Lüdemann noch immer nicht eingetroffen war, da verwandelte sich des ehrlichen Scherk Triumphgefühl in Besorgnis, die von Tag zu Tag zunahm.

Die Ladung des *Albatroß* kam langsam an Bord, der Raum füllte sich mehr und mehr. Die Luken wurden geschlossen und als das Schiff seine Heimreise antrat, da zählte der *Paladin* noch immer zu den vergeblich erwarteten, überfälligen Fahrzeugen.

Nach einer ungewöhnlich langen Reise lief der *Albatroß* endlich in die Elbe ein und als Keppen Scherk in Hamburg erfuhr, dass noch keine Kunde von dem Eintreffen seines Freundes Lüdemann und des *Paladin* in Melbourne bei dessen Reederei eingetroffen war, da wurde er tief bekümmert.

Es waren aber noch andere Leute in Hamburg, die ein größeres Interesse am Schicksal des *Paladin* hatten als Keppen Scherk und diese verfolgten alltäglich mit Bangen die Schiffsnachrichten in den Zeitungen. Eines Tages stand dort zu lesen:

»Als verschollen anzusehen ist das Hamburger Vollschiff *Paladin*, Kapitän Lüdemann. Es verließ den hiesigen Hafen mit Stückgut für Melbourne. Es hatte auf der Ausreise die englische Bark *Viktoria* geborgen und nach Aberdeen geschickt. Das ist die letzte Nachricht gewesen, die von ihm bekannt geworden ist.«

Fünftes Kapitel

Niklas erscheint bei den Verbannten. - Eisenlohr erforscht die Insel.
Das Wrack. - Die Bergung des Strandgutes.
Die erste Seefahrt mit dem Pontonfloß.

Die Passagiere des *Paladin*, der Ingenieur Eisenlohr mit Frau und Söhnchen und der Doktor Cellarius mit Frau und Töchterchen, waren von Wenzel auf einer Südseeinsel ausgesetzt worden.

Es lag in der Natur der Sache, dass der energische und nie um Hilfsmittel verlegene Ingenieur gleich von vornherein die Führung der kleinen Gesellschaft übernahm. Diesen Posten überließ ihm der Doktor von Herzen gern. Er schätzte sich obendrein noch glücklich, sein Los mit einem so umsichtigen und tatkräftigen Unglücksgefährten teilen zu dürfen.

Zuerst ging es an die Errichtung von Zelten, wobei das große Marssegel, das man ihnen mitgegeben hatte, zur Verwendung kam. Die Arbeit war zur Hälfte getan und man hatte sich gerade zum Frühstück niedergelegt, als plötzlich ein Mann aus dem Wald kam und auf die Gesellschaft zuschritt.

Die Herren griffen nach den neben ihnen liegenden Gewehren und sprangen auf. Dann aber erkannte Eisenlohr den Herankommenden.

»Niklas«, rief er erstaunt. »Sie hier? Ich meinte, die Meuterer wären um diese Zeit längst wieder auf hoher See!«

Niklas nahm seine Kappe ab und drehte sie befangen in den Händen.

»Das sind sie auch, Herr Eisenlohr«, antwortete er, »ich aber bin hier und will auch hierbleiben mit Ihrer gütigen Erlaubnis. Ich bin nämlich vom *Paladin* abgelaufen. Zuerst wollte ich ja auch mit unter die Piraten gehen, denn der Markus Wenzel hatte mir ja förmlich ein Loch in den Kopf geredet, denn der Halunk kann reden wie sieben Advokaten. Nachher aber tat mir das leid, und nun bin ich hier und wenn Sie mich haben wollen, dann will ich mich gern nach Kräften nützlich machen und alles tun, was Sie und die anderen Herrschaften mir auftragen. Ich bin von Haus aus Schmied, kann aber auch manch andere Arbeit tun.«

»Sie sind uns sehr willkommen, Niklas«, erwiderte der Ingenieur, »solch einen Mann wie Sie können wir brauchen. Setzten Sie sich und essen Sie mit uns.«

Niklas machte eine linkische Verbeugung vor den Damen, dann ließ er sich nieder und langte wacker zu. Die Unterhaltung wurde beinahe ganz allein von dem Ingenieur geführt, dessen Stimmung nicht so niedergedrückt war wie die des Doktors und der Damen.

»Das Klima dieser Insel ist gut, auch scheint der Boden sehr fruchtbar zu sein, aber mein Leben möchte ich dennoch nicht hier zubringen«, sagte er, »und ich werde nicht eher ruhen, bis ich Mittel und Wege gefunden habe, wieder von hier fortzukommen.«

»So denke ich auch«, sagte der Doktor, »wir alle verlassen uns auf Sie Freund, und werden nach bestem Vermögen Ihre Pläne fördern helfen.«

Der Ingenieur nickte.

»Einer für alle und alle für einen«, sagte er. »Als wir von Bord gingen, steckte mir Heinrich der Prachtjunge, einen Zettel in die Hand, auf dem unter anderem auch ein Wrack angegeben ist, das hier bei der Insel innerhalb eines Riffs liegen soll. Doch davon später. Das nächste Festland soll von Menschen bevölkert sein, die den Europäern feindlich gesonnen sind. Wir können daher unser Augenmerk nur auf Hongkong, Singapore oder einen westaustralischen Hafen richten. Um dorthin gelangen zu können, müssen wir uns ein Fahrzeug bauen und zwar ein sehr festes, da diese Breiten häufig von schweren Orkanen heimgesucht werden.

»Ich zweifle nicht daran, dass es mir gelingen wird, ein solches Fahrzeug zu konstruieren, allein die Ausführung wird sehr schwierig sein und auch eine lange Zeit erfordern da wir nur drei Männer sind. Und während dieser Zeit müssen wir doch auch ein Unterkommen und Nahrung und Kleidung haben.

»Unsere nächste Aufgabe ist daher, die Insel zu erforschen und einen Platz ausfindig zu machen auf dem ein Gebäude errichtet werden kann, das uns nicht allein als Wohnung, sondern auch als eine von Räubern uneinnehmbare Festung zu dienen hat. Erst wenn dieses Gebäude fertig ist, können wir an den Bau des Fahrzeugs gehen.«

Der Doktor und Niklas waren derselben Ansicht. Die Erforschung der Insel wollte der Ingenieur allein unternehmen und schon am folgenden Tag machte er sich auf den Weg, wohlbewaffnet mit seinem Repetiergewehr, einem Jagdmesser und einem Beil.

Er steuerte direkt dem Inneren der Insel und dem Berg zu, der grau und massig über den Wald emporstieg und die hervorragendste Landmark der Insel bildete. Im Wald entdeckte er allerlei nützliche Baumarten wie Kokospalmen, Dattelpalmen, Brotfruchtbäume und verschiedene Arten von Bananen.

Da der Wald fast ganz frei von Unterholz und Schlinggewächsen war, kam er mit ziemlicher Schnelligkeit vorwärts, und nach einem Marsch von zwei Meilen befand er sich plötzlich am Rand eines schroff abfallenden Tales, in dessen Tiefe sich Wasser dahinzog, das er anfänglich für einen Fluss hielt, das sich aber bald als ein Meeresarm herausstellte.

Er kletterte hinab und ging an dem Wasser entlang, das hier etwa eine Viertelmeile breit war. So kam er nach einiger Zeit zu einer seeartigen Erweiterung, die etwa eine Meile im Durchmesser haben mochte und in deren Mitte eine bewaldete Insel lag, die der Ingenieur auf den ersten Blick als den geeignetsten Ort für die Erbauung eines festen Hauses erkannte.

Um den in dem weiten Bergkessel liegenden See herumschreitend, kam er zu einer Stelle, an der sich ein ziemlich breiter Strom in denselben ergoss, wodurch eine Strömung in dem Meeresarm entstand, die mit der

Schnelligkeit von einem halben Knoten dem Ozean zufloss. Unterhalb des Sees verengte sich die Wasserstraße auf eine kurze Strecke, so dass die Strömung hier erheblich stärker wurde. Sogleich kam ihm der Gedanke, dass der Ort sehr wohl zur Anlage einer Mühle passe und er beschloss, dies im Gedächtnis zu behalten.

Weiter wanderte er, stundenlang über Berg und Tal, fast immer durch bald dichteren und bald lichteren Wald, bis er endlich die kahlen Felshänge des großen Berges erreichte, an denen er bis zum Gipfel, zum höchsten Punkt der Insel, emporklomm.

Von hier aus hatte er einen Ausblick von unbeschreiblicher Schönheit. Den Horizont bildete rings die weite See. Zu seinen Füßen lag die Insel ausgebreitet wie eine Landkarte, mit all ihren Höhen und Tälern, ihren Strömen und Bächen, mit dem Meeresarm in der breiten Schlucht und dem See mit der kleinen Insel. Durch sein Teleskop erkannte er sogar das weiße Zelt auf dem grünen Rasen an der Waldgrenze und auf dem hellen Sand des Strandes zwei winzig kleine Wesen, sein Söhnchen Willy und des Doktors Töchterchen Lucie.

An der inneren Seite des langen Riffs, das mit der Küste der Insel eine Bucht bildete, gewahrte er einen Gegenstand, der nichts anderes als das von Heinrich auf dem Zettel aufgezeichnete Wrack sein konnte.

Nachdem er etwas von dem mitgebrachten Brot und Salzfleisch zu sich genommen hatte, machte er sich an den Abstieg in Richtung des Riffs und des Wracks. Es währte lange bis er den Strand erreichte auf dem hier und da Planken, Balken und allerlei andere angetriebene Wrackteile lagen.

Das verunglückte Schiff saß eine halbe Meile von der Küste entfernt auf den Klippen am Saum des weißen Wassers, das unaufhörlich dumpf brausend über das Riff hereinbrach. Es lag auf der Seite, das Deck der Insel zugeneigt, so dass es der Ingenieur mit seinem Glas von vorn bis achtern sehen konnte. Es war ein großes hölzernes Fahrzeug, entweder eine Bark oder ein Vollschiff. Alle drei Masten waren dicht über dem Deck abgebrochen und trieben mit allem Geschirr, von dem Leinen- und Takelwerk festgehalten, langseit. Die Deckhäuser und die Schanzkleidung waren weggefegt. In den Davits hingen noch die Vorder- und Achtersteven einiger Boote, woraus hervorging, dass die Besatzung keine Zeit mehr gehabt hatte, an ihre Rettung zu denken.

Eisenlohr hatte zuerst daran gedacht zu dem Wrack hinüberzuschwimmen. Als er jedoch die schwarzen, dreieckigen Rückenflossen einiger Haie oberhalb des Wasserspiegels hin und her streichen sah, da nahm er davon Abstand und schaute sich nach Wrackstücken um, aus denen sich ein Floß herstellen ließe.

Während er suchend am Strand dahinschritt, stieß er auf die Leichen von sieben armen Schiffbrüchigen, die nach vergeblichem Kampf mit der grausamen See von dieser hier ausgeworfen worden waren. Grauen und Entsetzen packten ihn, denn die Körper waren von den Seevögeln und den Landkrabben - die letzteren krochen zu hunderten in der Nähe herum - in einen schrecklichen Zustand versetzt worden. Er bezwang sich aber, zimmerte mit seinem Beil aus einem Plankenstück eine Art Spaten zurecht, grub sieben flache Gräber in den weichen Sand, wälzte die Leichname hinein und bedeckte sie mit Sand.

Darauf richtete er seine Gedanken wieder auf den Bau des Floßes. Er sammelte eine Menge kleiner Holzstücke, in denen Nägel steckten und schichtete sie auf einen Haufen, den er mit Hilfe von dürrem Gras und der als Brennglas verwendeten Linse seines Teleskopes in Brand steckte.

Sodann trug er eine Anzahl Planken herbei, zimmerte sie zurecht und fügte mittels der aus der Asche gewonnenen Nägel ein Floß daraus zusammen, das stark genug war, nicht nur ihn selbst, sondern auch noch andere Lasten zu tragen.

Ein paar Bootsriemen fanden sich unter dem Treibholz, die Dollen dazu waren bald am Floß angebracht und nun zögerte er nicht mehr, die Fahrt zum Wrack zu wagen. Nicht ohne Mühe brachte er das ungefüge Fahrzeug zu Wasser, dann entledigte er sich der Mehrzahl seiner Kleidungsstücke, watete »an Bord« und stieß vom Strand ab.

Das Floß ließ sich leichter handhaben, als er gedacht hatte. Nach einer halben Stunde konnte er langseit des Wracks anlegen. Er machte sein Fahrzeug an einer der vielen herabhängenden Leinen fest und kletterte an Deck hinauf.

Hier nahm er mit Freude wahr, dass die Havarie nicht so schwer war, wie er gefürchtet hatte und hauptsächlich in dem Verlust der Masten, der Schanzkleidung und der Aufbauten bestand. Die Kajüte war mit dem achterlichen Deckhaus verschwunden. Das Matrosenlogis aber befand sich vorn unter Deck und in dieses stieg er nun hinab. Es war zu erkennen, dass die Mannschaften der Freiwache in größter Eile aus ihren Kojen gesprungen waren als das Schiff auf die Klippen rannte. Wahrscheinlich hatten dann die überkommenden Seen die Ärmsten wenige Augenblicke später über Bord gerissen.

Der Ingenieur öffnete einige Seekisten, ob vielleicht unter der armseligen Habe der unglücklichen Janmaaten etwas wäre, was ihm oder seiner Gesellschaft nützlich werden könnte. Er fand jedoch nichts. Eine der Kisten aber war die des Zimmermanns. Ihrem Gewicht nach musste sie voll von Werkzeug sein.

Das war ein unschätzbarer Fund. Er beschloss daher, sich sogleich in den Besitz der Kiste zu setzen und schaffte sie unter Aufbietung aller seiner Kräfte an Deck hinauf, um sie demnächst an Bord des Floßes zu bringen. Darauf wandte er sich achteraus. Da die Kajüte jedoch weggerissen war, gab es hier außer den Dingen, die der Achterraum enthielt, nichts für ihn.

Er lugte über das Heck nach dem Namen des Schiffes: Es war die *Undine* von Ragusa.

Wo das Achterhaus gestanden hatte war das Deck noch mit buntem Linoleum benagelt, ebenso die Falltür, die von der Kajüte aus in den Proviantraum geführt hatte. Er öffnete sie und stieg hinunter. Die Vorräte waren unbeschädigt geblieben. Er brach einige Kisten auf, die teils Wein in Flaschen, teils allerlei Konserven in Blechbüchsen enthielten. Auch Hartbrot fand er, von dem er etwas zu sich steckte, da sein aus dem Zeltlager mitgebrachter Vorrat beinahe zu Ende war. Eine Büchse mit konservierter Suppe und eine Flasche Wein nahm er mit an Deck.

Die bereits tiefstehende Sonne mahnte ihn an Land zurückzukehren. Er ließ die Zimmermannskiste auf das Floß hinab, was ein schweres Stück Arbeit war. Dann stieg er selbst hinunter, wobei er die Büchse und die Flasche nicht vergaß, auch nicht eine Fischleine, die er im Matrosenlogis gefunden hatte.

Er erreichte mit seiner Beute glücklich den Strand und hier war sein erster Gedanke, sich ein Abendbrot zu bereiten. Die Suppe kalt zu verzehren, war nicht verlockend, er musste sie daher wärmen. Dazu brauchte er ein Gefäß. Er erinnerte sich, weiter unten am Strand eine riesige Muschel von der Gattung Tridaena gesehen zu haben, die sich sehr wohl zum Kochtopf eignen würde. Er schleppte sie herbei, füllte sie mit Seewasser und stellte die Blechbüchse hinein, deren Deckel er zuvor mit dem Beil geöffnet hatte. Darauf suchte er ein Dutzend Kiesel, so groß wie eine halbe Faust, zündete ein Feuer an und legte die Steine hinein, um sie glühend werden zu lassen. Dann tat er sie in das die Muschel füllende Wasser, das dadurch schnell auf den Siedepunkt gelangte und die Suppe erwärmte, die er mit einer kleineren Muschel bald herausgelöffelt hatte. Ein Bissen Brot und ein Schluck Wein beendeten sein Abendessen.

Inzwischen war die Sonne untergegangen und die sternenfunkelnde Nacht heraufgezogen. Der von den Strapazen ermüdete Entdecker streckte sich in das lange weiche Gras, und bald umfing ihn tiefer Schlaf.

Am nächsten Morgen brachte er vor allem die Werkzeugkiste weiter auf das Land hinauf um sie aus dem Bereich der Flut zu schaffen. Dann rojte er mit dem Floß in die Bucht hinaus, um sich zum Frühstück einen Fisch zu fangen. Als Köder steckte er ein Muscheltier an den Haken. Schon nach wenigen Minuten konnte er einen lachsähnlichen Fisch von etwa sechs Pfund Gewicht an Land bringen.

Jetzt entstand die Frage der Zubereitung. Er erinnerte sich einmal von einem Verfahren gelesen zu haben, das bei den Südseeinsulanern angewendet wurde und das ihm für den vorliegenden Fall sehr geeignet erschien. Dazu war Lehm erforderlich wovon zum Glück ein größeres Quantum an einem nahen Hügelhang zu Tage lag. Er wickelte den Fisch wie er da war dicht in große Baumblätter und überzog ihn dann mit einer starken Lehmschicht. Darauf machte er aus dürrem Buschholz ein Feuer an, wartete bis nur noch ein Haufen glühender Kohlen davon übrig war, legte den lehmumhüllten Fisch in die Glut und häufte wieder Buschholz darüber. Nach einer halben Stunde bekam der Lehm Risse, ein Zeichen dafür, dass der Fisch gar war. Er zog ihn aus der Asche, bröckelte den Lehm ab und da lag der köstliche Fisch vor ihm, eine Mahlzeit für einen König!

Nachdem er sich gesättigt hatte, zog er das Floß aufs Trockene, legte die Riemen dazu, bedeckte die Werkzeugkiste zum Schutz gegen die Witterung mit Palmblättern und machte sich dann auf den Heimweg, der ihn dieselbe Strecke wieder zurückführte auf der er gestern hergekommen war.

Gegen zwei Uhr nachmittags stand er wieder am Ufer des Sees und gegenüber der kleinen Insel. Um den Seinen einen genauen Bericht über diesen ihm so wichtig erscheinenden Ort erstatten zu können, beschloss er hinüberzuschwimmen. Er band von trockenem Rohr und Schilf ein großes Bündel zusammen, legte seine Kleider und Waffen darauf und schob es durchs Wasser vor sich her bis zum Gestade der Insel, die er, nachdem er sich wieder angekleidet hatte, sogleich nach allen Richtungen durchstreifte.

Das Wasser des unmittelbar mit dem Ozean in Verbindung stehenden Sees war bracklich und daher zum Trinken und zum Kochen ungeeignet. Des Ingenieurs Freude war daher groß, als er eine Quelle fand, aus der in reicher Fülle klares, kühles Trinkwasser sprudelte. Schlangen, die auf dem Festland häufig waren, gewahrte er hier nirgends, was ihm im Hinblick auf die Kinder sehr lieb war. Nach einem Bauplatz für das feste Haus brauchte er nicht lange zu suchen ebenso wenig nach einer Stelle am Strand, die zur Errichtung einer Werft für das auf Stapel zu setzende seetüchtige Boot geeignet erschien.

Zufrieden mit seinen Wahrnehmungen verließ er das Eiland und wanderte längs des Kanals weiter bis zu dessen Mündung, die durch vorgelagerte hohe Stellen den Blicken draußen Vorübersegelnder völlig entzogen wurde.

Endlich, nach einem langen und erschöpfenden Marsch über den gewundenen Strand, bekam er das Zeltlager in Sicht wo seine Frau und sein Söhnchen, die Familie Cellarius und der ehemalige Meuterer Niklas sehnlichst auf ihn warteten.

Eisenlohrs Erzählung von seinem Besuch auf dem Wrack, die Schilderung der Insel in dem Binnensee und die Zuversichtlichkeit, mit der er von der Erbauung des Fahrzeugs redete, das sie alle aus ihrer Inselgefangenschaft wieder befreien sollte, erweckte in den ehemaligen Passagieren des *Paladin* beinahe schon die Überzeugung, dass die Tage ihrer Verbannung gezählt wären.

Zuerst musste aber über die nächste Zukunft beraten werden. Das kleine Inselchen im See wurde einstimmig zum Wohnsitz erkoren, da aber das Material zu dem Hausbau zum größten Teil das Wrack herzugeben hatte, musste das Letztere vor allen Dingen abgebrochen werden. Das war eine mühevolle und zeitraubende Arbeit und dann kam der Transport der Wrackteile, der Planken, Balken, Rundhölzer, Eisenteile usw. zur Insel hin. Dies würde ebenfalls viel Zeit und Mühe in Anspruch nehmen.

Man kam daher überein, das gegenwärtige Lager aufzugeben und ein anderes am Strand der Bucht gegenüber dem Wrack einzurichten, und dieser Plan wurde auch sehr bald in die Tat umgesetzt. Mit allem Nötigen bepackt, machte sich die kleine Karawane auf den Weg, der den Frauen und Kindern bald sehr beschwerlich fiel, so dass es nur langsam vorwärts ging. Aber sie hielten wacker aus und waren am Nachmittag des zweiten Marschtages am Ziel.

Nun musste zunächst ein Obdach geschaffen werden. Doktor Cellarius machte sich an das Fällen einiger junger Bäume. Eisenlohr aber und Niklas ruderten zum Wrack hinüber nicht nur um Proviant, sondern auch um noch ein großes Segel für den Zeltbau zu holen.

Der langseit treibende Wirrwarr von Masten, Stengen, Rahen, Wanten, Segeln und Leinen war so verschlungen und verwickelt, dass es äußerst schwierig gewesen wäre, an Ort und Stelle ein Segel unbeschädigt herauszuschälen. Der Ingenieur und sein Gehilfe entschieden sich daher dafür, die ganze treibende Masse vom Wrack loszuhauen und zum Strand hinüber zu warpen.

Während Niklas mit wuchtigen Axthieben die Taljenreepen durchschlug, durchsuchte Eisenlohr das halb mit Wasser gefüllte Hellegat und kam bald mit einem kleinen Warpanker wieder an Deck.

Nur löste er so viele Leinen aus den im Wasser liegenden Brassen-, Schoten-, und Geitaublöcken, als er erlangen konnte, band sie aneinander und befestigte das Ende an dem Warpanker. Als er mit diesen Vorbereitungen fertig war, hatte auch Niklas seine Arbeit beendet. Die Warpleine wurde auf dem Floß aufgeschossen wo auch der Anker niedergelegt wurde. Der Ingenieur ruderte dem Lande zu, Niklas aber blieb mit dem anderen Ende der Leine auf dem treibenden Getrümmer.

Als die volle Länge der Leine vom Floß ins Wasser gelaufen war, ließ Eisenlohr den Anker in den Grund. Nun begann Niklas an der Leine zu holen und zog auf diese Weise das Getrümmer dem Strand zu. Das war eine langsame Prozedur. Der mit dem Leinenende aus dem Grund gehobene Anker wurde wieder auf das Floß gelegt, weiter landwärts gebracht, abermals versenkt und das Einholen der Leine begann aufs Neue. Auf diese Weise schaffte man endlich nach anderthalbstündiger Arbeit das Getrümmer in das flache Wasser des Strandes.

Jetzt war es leicht, das Großsegel von der Rah abzulösen und an Land zu bringen, wo es zum Trocknen ausgebreitet wurde. Es reichte aus, zwei geräumige Zelte daraus herzustellen.

Während der nächsten Tage wurde ein großer, fester Schuppen erbaut und dicht mit Palmblättern eingedeckt. Hier sollten die vom Wrack geborgenen Gegenstände untergebracht werden, um in der Regenzeit, die nach Eisenlohrs Berechnung nicht mehr lange auf sich warten lassen würde, gegen Nässe geschützt zu sein.

Für einen Teil dieser Bergungsarbeiten genügte das vorhandene Floß, um aber größere und schwerere Stücke zu der Insel im Binnensee befördern zu können, musste man an die Erbauung eines großen, festen Segelfloßes gehen und ohne Zögern entwarf der Ingenieur den Plan zu einem solchen.

Das Segelfloß sollte aus zwei Pontons bestehen, jeder vierundzwanzig Fuß lang, sechs Fuß breit und ebenso tief, mit geraden Seiten und flachem Boden, vorn und hinten scharf.

Die Arbeit wurde sogleich in Angriff genommen. Das Material dazu lieferte das bereits vom Wrack an Land getriebene Holzwerk.

Die Mittellinien dieser Pontons liefen parallel. Die Bodenplanken wurden querschiffs gelegt. Vier davon liefen in gleichen Entfernungen von Ponton zu Ponton, beide miteinander fest verbindend. Der Zwischenraum zwischen ihnen betrug sechs Fuß. Jeder erhielt ein festes Deck. Mitschiffs, auf einer Strecke von zwölf Fuß, liefen die Planken ebenfalls von einem Ponton zum anderen. Dadurch hingen die Fahrzeuge unbeweglich zusammen und bildeten ein starkes Floß, das in der Mitte ein Deck oder eine Plattform von zwölf Fuß Länge und achtzehn Fuß Breite hatte.

Im Mittelpunkt des Decks erhob sich ein starker, auf beiden Seiten von Pardunen gehaltener Mast, an dem ein großes lateinisches Segel gehisst werden konnte, das an einer außerordentlich langen Rah, aus mehreren aneinander gelaschten Bambusstangen bestehend, befestigt war.

Diese Rah wurde genau in ihrer Mitte aufgehängt. Eisenlohr hoffte durch diese Einrichtung, das Fahrzeug mit gleicher Leichtigkeit vor- und rückwärts bewegen zu können, in derselben Weise wie die Eingeborenen der Ladronen-Inseln ihre Prahus handhaben. Die Erbauung dieses Fahrzeugs verursachte keine großen Schwierigkeiten. Die Hauptsache war, dass die Pontons wasserdicht gefugt wurden.

Dennoch verging ein ganzer Monat, ehe das Pontonfloß gebrauchsfähig wurde. Als sie dann aber Segelversuche mit ihm anstellten, da fielen diese so günstig aus wie sich keiner der drei Männer auch nur im Entferntesten hatte träumen lassen.

Jetzt erst waren sie imstand, sich in allem Ernst über das Wrack herzumachen. Sie errichteten ein Hebezeug an Deck, holten damit die Stückgüter aus dem Raum und brachten sie damit über die Seite direkt auf das Floß. Da bei dieser Arbeit schwer zu erkennen war, was die Kisten und Ballen, die Säcke und Körbe enthielten, transportierten sie die gesamte Ladung an Land. Dort hatten sie Zeit und Muße, sich das Brauchbare herauszusuchen.

Beim Abbruch des Wracks musste sehr sorgfältig verfahren werden, da das Holzwerk nach Möglichkeit für den Bau des geplanten Seebootes verwendet werden sollte und daher nicht allzu sehr beschädigt werden durfte. Es vergingen vier Wochen, ehe das letzte brauchbare Stück zum Strand geschafft worden war.

Die Anwesenheit von Haien innerhalb des Riffs, die Eisenlohr gleich bei seinem ersten Besuch festgestellt hatte, gab ihm die Überzeugung, dass zwischen der Bucht und der See draußen eine Verbindung bestehen müsse, denn sonst hätten die Haie nicht hereinkommen können.

Um diese Verbindung aufzufinden, machte er sich eines Morgens mit Niklas an Bord des Pontonfloßes auf den Weg. Zuerst führte er jedoch probeweise einige Übungen mit dem Segel aus, das nach demselben Prinzip zu handhaben war, das die Ladronen-Insulaner bei ihren Prahus anwendeten. Man konnte vorwärts und rückwärts fahren, wobei das Segel stets auf der einen Seite des Mastes blieb. Hierbei waren zwei breite Steuerriemen notwendig, einer an jedem Ende, und eine lange Leine, die an beiden Nocken der Rah befestigt war und deren Bucht bis an Deck herabhing. Auf diese Weise konnte die Nock, die den jeweiligen Hals bilden sollte, an Deck niedergeholt und dort befestigt werden.

Wenn ein so getakeltes Fahrzeug wenden soll, dann wird sein Achterteil mittels des Steuerriemens nach luvart geworfen, worauf der Riemen eingezogen wird. Das an Deck befestigte Ende der Rah wird losgemacht und das andere Ende niedergeholt und befestigt. Dann werden die anderen genommen und der Steuerriemen jenes Endes ausgelegt, worauf das Fahrzeug in der gewünschten Richtung weitersegelt.

Es ist dies die einfachste Segelmethode, die jemals von der seefahrenden Menschheit angewendet wurde, und zugleich die einzige Art des Wendens, die niemals versagt. Aus diesem Grund hatte Eisenlohr sie für sein Pontonfloß adoptiert.

Die Segelversuche ergaben die besten Resultate und bewiesen, dass das Floß unter keinen Umständen kentern konnte. Seine Schnelligkeit belief sich bei frischer Brise auf sechs Knoten.

Nach diesen Proben segelte Eisenlohr längs des Riffs dahin. Er fand mehrere Durchfahrten, die aber so eng und gewunden waren, dass sie nur im Notfall in Betracht kommen konnten. Am Nordende des Riffs aber, wo es mit dem Land zusammenzuhängen schien, hatte er besseren Erfolg, denn dort entdeckte er einen Kanal, der gegen hundert Fuß breit war und in nordwestlicher Richtung das Riff durchbrach.

Da das Fahrwasser hier nirgends brandete und daher klippenfrei war, lief er ohne langes Besinnen hinein und erreichte auch sehr bald die offene See, denn der Kanal war kaum eine Viertelmeile lang.

Auch in der langen Schwell, die hier draußen stand, bewährte sich das Fahrzeug vortrefflich. Einige Besorgnis, die der Ingenieur wegen der Festigkeit des Pontongefüges gehegt hatte, verschwand schnell, und nun hielt er weiter in die See hinaus, um aus dem Lee der hohen Strandfelsen zu kommen und segelte an der nördlichen Küste der Insel entlang.

Nach einer Stunde befand er sich dem Meeresarm gegenüber, den er vor einiger Zeit erforscht hatte. Die Mündung desselben war so wenig erkennbar, dass er einige Mal vorbeilief, ehe er sie gefunden hatte. Er segelte mit günstigem Wind hinein und gelangte glücklich in den See. Hier ging er mit Niklas auf der kleinen Insel an Land und sammelte eine Menge von Baumfrüchten verschiedener Art, die ihm schöner und wohlschmeckender erscheinen, als die auf dem Festland wachsenden. Sie sollten für die Frauen und Kinder ein Gruß aus ihrem künftigen Inselheim sein.

Dann machten sie sich auf den Rückweg zur Wrackbucht, wo sie zur Freude der anderen wohlbehalten wieder eintrafen.

Sie fanden den Doktor eifrig bei der Untersuchung der geborgenen Ladung. Es befanden sich darunter viele Gegenstände, die dem Ingenieur bei der Konstruktion des kleinen Schiffes von größtem Nutzen sein würden. Am meisten aber freute er sich über eine große Kreissäge. Bei ihrem Anblick sah er im Geiste schon die Sägemühle in Betrieb, die er in dem engen Teil des Seestroms zu errichten gedachte.

Diese Bezeichnung hatte er dem Meeresarm gegeben, weil derselbe durch den wasserreichen Fluss, der, von den Höhen herabkommend, in den See mündete, eine sehr bemerkbare Strömung erhalten hatte und auf diese Weise selbst zu einer Art von Strom geworden war.

Sechstes Kapitel

Boot in Sicht! - Alte Bekannte und Leidensgefährten.
Eine schlimme Kunde. - Übersiedlung nach der Seeninsel.
Das Fort. - Keppen Lüdemann fährt auf den Fischfang.
Ha, was ist das? - Elmsfeuer. - »Schiff ahoi!«
Die Brigg. - Der Seeadler im Orkan.

Die Verbannten konnten wohl zufrieden sein, wenn sie auf die Arbeit zurückblickten, die sie bisher vollbracht hatten. Sie brauchten nicht mehr das schlechte Wetter und die Stürme der Regenzeit zu fürchten, denn alles was das Wrack ihnen geliefert hatte, war teils unter Dach und Fach, teils im Freien sicher untergebracht.

Freilich, der größte Teil ihrer Aufgaben war noch zu bewältigen, aber sie brauchten sich damit nicht mehr so zu beeilen. Es handelte sich jetzt darum die geborgene Ladung und alles andere zu der kleinen Insel zu schaffen, die ihre dauernde Wohnstätte werden sollte.

Von den Beschreibungen, die ihnen Herr Eisenlohr und neuerdings auch Niklas davon gemacht hatten, waren die Damen so entzückt, dass sie beschlossen, sie fortan Seeninsel zu nennen. Ein Name, der in der Tat nicht besser gewählt sein konnte.

Es war kein Wunder, dass sich nach der unablässigen Tätigkeit der letzten Wochen bei dem Ingenieur und auch bei dem Doktor eine Übermüdung bemerkbar machte, da diese Herren an eine so anstrengende körperliche Arbeit nie zuvor gewöhnt gewesen waren. Sie meinten daher, dass sie sich eine Ruhezeit von zwei Tagen wohl einmal gönnen durften. Das taten sie dann auch. In der Frühe des dritten Tages aber ging es wieder mit frischen Kräften ans Werk.

Das Floß, für das die drei Männer während ihrer Mußezeit den hochtrabenden Namen *Seeadler* ausgeklügelt hatten, wurde mit Ladung vollgestaut und auch mit Deckslast bepackt und jetzt erst erkannte man den wahren Wert dieses Fahrzeugs und die Klugheit dessen, der es konstruiert hatte.

Es machte zwei, oft auch drei Fahrten täglich zwischen der Wrackbucht und der Seeninsel und jedes Mal mit einer Last, deren Gewicht sich auf zehn Tonnen, also zweihundert Zentner belief. Endlich kam der Tag heran, wo auch diese Arbeit ihr Ende erlangte. Am Nachmittag belud man den *Seeadler* zum letzten Mal.

Eisenlohr und Niklas, die Seefahrer der Gesellschaft, hatten sich fröhlich auf die Fahrt gemacht. Das mächtige dreieckige Segel stand voll und straff, und der *Seeadler* rauschte mit einer Geschwindigkeit von sieben Knoten der Mündung des Seestromes zu.

Plötzlich entdeckte Niklas' umherspähendes Auge in nördlicher Richtung draußen auf hoher See einen Gegenstand, in dem er ein kleines Segel zu erkennen glaubte.

Er machte den Ingenieur darauf aufmerksam. Der richtete sein Teleskop, das er stets bei sich führte, auf den fernen Gegenstand und es stellte sich heraus, dass Niklas recht hatte. Es war wirklich ein kleines Segel, das dort in Sicht kam.

Dasselbe befand sich vier Meilen in Lee. Trotz des Zeitverlustes, der dadurch entstehen musste, hielt der Ingenieur sogleich darauf ab, um zu erkunden was für ein Fahrzeug sich dort zeigte.

Es währte nicht lange, da war der *Seeadler* dem fremden Segler so nahe gekommen, dass man in ihm ein Kanu erkennen konnte, das zwei Männer an Bord hatte und direkt auf die Insel zusteuerte. Es war ein äußerst primitives Fahrzeug, so dass Eisenlohr zu der Annahme gelangte, die beiden Leute darin wären Eingeborene eines anderen Südseeeilandes, die von ihrer Heimat abgetrieben, den Rückweg dorthin nicht wiederfinden könnten und nun Zuflucht auf seiner Insel suchen wollten.

Sein Erstaunen war daher groß, als er sah, wie einer der Fremden aufstand, einen Gegenstand emporhob und wie gleich darauf ein weißes Rauchwölkchen und ein Blitz sichtbar wurden, gefolgt von dem schwachen Knall eines Schusses.

Er ließ das Kanu nicht aus dem Fokus seines Fernrohres und gewahrte nun, dass der Mann, der das Gewehr abgefeuert hatte, dem *Seeadler* mit lebhaften Gebärden zuwinkte, nicht etwa, als wolle er einfach Aufmerksamkeit erregen, sondern als gäbe er einer überaus großen Freude Ausdruck.

Einige Minuten später hatten sich die Fahrzeuge so weit genähert, dass Eisenlohr die Insassen des Kanus deutlich erkennen konnte.

Er meinte, seinen Augen nicht trauen zu dürfen.

»Niklas!«, rief er, das Teleskop zusammenstoßend. »Niklas! Mensch! Das ist ja Keppen Lüdemann mit dem zweiten Steuermann des *Paladin,* mit dem jungen Gehrke!«

»Junge, Junge! Wie kann das möglich sein!«, erwiderte der Matrose. »Aber wahrhaftig, Sie haben Recht! Das ist der alte Kaptein! Wie kann das angehen?«

Er geite das Segel auf und fierte die Rah an Deck. Gleich darauf war das Kanu langseit des *Seeadler.* Gehrke schwang sich mit der Fangleine an Bord des Pontonfloßes auf dem Fuß gefolgt von Kapitän Lüdemann, der mit herzlichem Druck des Ingenieurs Hand ergriff.

»Mein bester Herr Eisenlohr!«, rief er, »so sehen wir uns wieder! Und du, Niklas, mein Junge! Dich hätte ich hier nicht vermutet! Das ist der erste glückliche Tag, Herr Eisenlohr, den ich nach dem Ausbruch der Meuterei erlebe! Ich bin von Herzen froh, Sie gefunden zu haben. Und Sie sehen so wohl aus, wie die Gesundheit selber! Da kann es Ihnen nicht so schlecht ergangen sein wie ich immer fürchtete. Und die anderen Passagiere, die Damen und die lieben Kinder?«

»Denen geht es so gut, als die Umstände dies zulassen«, antwortete der Ingenieur. »Aber sagen Sie mir doch, Kaptein, wo in aller Welt kommen Sie her? Wie haben Sie es angefangen vom *Paladin* zu entfliehen?«

»Wir kommen von einem kleinen Eiland, hundert Meilen von hier und direkt östlich gelegen. Aber entflohen sind wir nicht vom *Paladin,* mein lieber Herr. August Lüdemann ist nicht der Mann, der freiwillig sein Schiff im Stich lässt solange es noch über Wasser ist! Die Schufte von Meuterern haben uns mit Gewalt an Land gesetzt und wer weiß, was aus uns geworden wäre, wenn Heinrich Rohrpenn, der liebe, liebe Junge, nicht für uns gesorgt und uns alles Nötige mitgegeben hätte, auch die Nägel, mit denen wir dies Kanu hier zusammengeschlagen haben. Er bezeichnete uns auch Ihre Insel ganz genau. Und so bauten wir das Kanu und hier sind wir.«

»Und wo ist Valeska Merk?«, fragte der Ingenieur.

Kapitän Lüdemann sagte ihm, was er wusste, und dann berichtete ihm Eisenlohr, während der *Seeadler* mit dem Kanu im Schlepptau seine Fahrt fortsetzte, was er und seine Gefährten bisher auf der Insel geschafft hatten und noch zu schaffen beabsichtigten.

Der alte Schiffer lauschte mit größter Aufmerksamkeit und beifälligem Kopfnicken. Als er von allem unterrichtet war, schaute er eine Weile verloren über die See hinaus und dann fragte er, ob er in letzter Zeit fremde Fahrzeuge in der Nähe der Insel habe herumstreichen sehen.

Eisenlohr verneinte. Das Schiff, das er zuletzt gesehen, wäre der *Paladin* gewesen, ehe dieser am Horizont verschwand.

»Das höre ich gern«, sagte Keppen Lüdemann. »Schiffe zivilisierter Nationen suchen nur sehr selten diese Gewässer auf, aber Gehrke und ich haben von unserer Insel aus verschiedentlich malaiische Prahus in Sicht gehabt. Manche der Malaien dieser Gegenden sind Seeräuber vor denen wir auf der Hut sein müssen. Wenn es ihnen einmal einfiele hier zu landen, dann könnte es uns allen übel ergehen. Wir müssen daher den Bau des festen Hauses mit größter Eile in Angriff nehmen.«

Das war eine schlimme Nachricht für Eisenlohr. Er hatte genug von dem Treiben und der wilden Verwegenheit dieser Seeräuber gehört und gelesen und ein Schauder packte ihn, wenn er sich vorstellte, was den Frauen und Kindern bevorstünde, wenn sie in die Hände solcher Leute fielen.

Während der Ingenieur über die Gefahr nachgrübelte, die vor seinem inneren Blick bereits drohend am Horizont aufzusteigen begann, langte das Floß bei der Seeninsel an. Die Ladung wurde schnell gelöscht und dann segelte man zurück zur Wrackbucht. Hier wurde das unerwartete Erscheinen des Kapitän Lüdemann und Robert Gehrkes mit frohem Erstaunen begrüßt. Die erste Frage der Damen galt Valeska Merk, und wenn der alte Schiffer auch selbst nicht ohne Besorgnis an das Geschick dieser jungen Dame denken konnte, so gelang es ihm dennoch, die Angst der Damen durch den Hinweis auf Heinrich Rohrpenn, der die Meuterer sozusagen in der Hand habe und der eher den letzten Blutstropfen hergebe, als Valeska ein Leid zufügen lassen würde, zu zerstreuen.

Von der Gefahr eines Besuches malaiischer Seeräuber wurde den Damen nichts gesagt, wohl aber dem Doktor Cellarius und dann entfernten sich die fünf Männer unter einem Vorwand von dem Zeltlager und hielten eine Beratung über den Bau eines festen Hauses ab.

An Holz fehlte es nicht. Auf der Seeninsel allein gab es geeignete Stämme genug. Aber das Fällen, Zersägen und Zuhauen derselben erforderte eine lange Zeit und jetzt galt es Eile; und war das Gebäude fertig, dann konnten es etwaige Feinde durch Feuer leicht zerstören.

Eisenlohr war daher für einen Steinbau, und es wurde ihm nicht schwer, die anderen für seine Ansicht zu gewinnen. Gleich am nächsten Tag wollten er und der Doktor sich auf die Suche nach einem Steinbruch begeben, der dem Bauplatz so nah als möglich gelegen wäre. Der Schiffer, Robert Gehrke und Niklas sollten inzwischen auf der Seeninsel Quartiere herrichten, in denen die Gesellschaft bis zur Vollendung des Forts, wie man jetzt bereits das neue Haus bezeichnete, wohnen konnte und die wettersicherer wären, als die Zelte.

Am nächsten Morgen wurden daher diese Letzteren abgebrochen und an Bord des Pontonfloßes gebracht, dann schifften sich auch die Damen und die Kinder ein und segelten unter der Obhut von Kapitän Lüdemann, Gehrke und Niklas nach der Seeninsel.

Eisenlohr und Cellarius aber marschierten über Land nach dem unteren Ende des Seestromes, um - jeder auf einem Ufer - nach Gestein zu suchen, das sich für den Bau eignen und leicht an Bord des *Seeadler* zum Bauplatz zu transportieren sein würde.

Sie entdeckten nicht nur eine Schicht von vorzüglichem Sandstein, sondern auch ein Lager von Steinkohlen, und als sie, hoch zufrieden mit diesem Erfolg, kurz vor Sonnenuntergang wieder auf der Insel eintrafen, da kamen sie gerade noch zur rechten Zeit, um bei Keppen Lüdemanns Barackenbau die letzte Hand mit anlegen zu können. Das Gebäude war ein Mittelding zwischen Schuppen und Blockhaus, mit einem festen Dach aus mehreren Lagen trockener Kokospalmblätter eingedeckt und überall so dicht und gut gefugt, dass seine Bewohner der Regenzeit mit Ruhe entgegensehen konnten.

Am Tag darauf wurde von den fünf Männern der Steinbruch in Angriff genommen. Es fehlte ihnen nicht an Werkzeugen dazu, auch nicht an Pulver zum Sprengen des Gesteins, da die *Undine* einige Fässer davon an Bord gehabt hatte. Nach Verlauf eines Monats hatte man eine genügende Menge von Steinen zum Bauplatz geschafft. Auch ein großer Vorrat von Kohlen lag zum Transport auf die Insel bereit. Ein Ofen zum Kalkbrennen wurde gebaut. Das Material zur Kalkbereitung sollten die am Strand liegenden unzähligen Muscheln liefern. Niklas richtete sich auf dem Platz, wo die Schiffswerft angelegt werden sollte, eine Schmiede ein, und Gehrke machte sich an die Erdarbeiten für das Fundament des festen Hauses.

Aber noch ehe die Bauarbeiten richtig begonnen werden konnten, schlug die Witterung um und die lange schon erwartete Regenzeit setzte mit Sturm und Unwetter ein. Der Wind, der seit der Landung der Gesellschaft auf der Insel stetig aus Südwest geweht hatte, sprang um und blies jetzt mit großer Stärke beharrlich aus Nordost.

Dieses schlechte Wetter hielt einen ganzen Monat an und während der Zeit konnte niemand im Freien arbeiten. Dann wurde es milder, und wenn es auch noch jeden Tag regnete, so hielt der Tätigkeitsdrang die Männer doch nicht länger unter Dach und Fach. Eine innere Unruhe peinigte sie, und sie wussten, dass sie dieselbe erst loswerden würden, wenn das Fort fertig dastünde und sie imstande wären, sich gegen jeden Feind zu verteidigen.

Sie warfen sich daher trotz des Regens mit aller Macht und Energie wieder auf ihre Arbeit und schon nach zwei Monaten war der Bau bewohnbar. Allerdings musste noch viel daran getan werden ehe er ganz fertig genannt werden konnte.

Das Fort, so mag das feste Haus von nun an genannt werden, bildete ein Viereck und hatte in der Mitte einen kleinen Hofraum, in welchem eine Quelle rieselte. Die eine Langseite des Gebäudes enthielt den gemeinschaftlichen Wohnraum, in den Querseiten lagen die Schlafzimmer für den Doktor und den Ingenieur, eine Küche und ein Vorratsraum. Die andere Langseite bot Schlafgelegenheiten für die übrigen Mitglieder der Gesellschaft. Die Fenster gingen alle nach außen. Sie waren nur klein und mit starken Eisengittern und schweren, von Schießscharten durchbohrten, Holzladen versehen. Die Türen öffneten sich in den Hof.

Wer das Fort verlassen wollte, musste vom Hof aus auf einer Treppe das flache Dach ersteigen und von dort aus brachte ihn eine leichte Bambusleiter ins Freie und genauso umgekehrt. Die Leiter wurde jedes Mal wieder auf das Dach gezogen. Letzteres war mit einer hohen Brustwehr umgeben, in der Schießscharten angebracht waren.

Nach einem weiteren Monat war das Fort so weit vollendet, dass Eisenlohr an den Bau der Schneidemühle gehen konnte, der dann auch in kurzer Zeit fertiggestellt war. Darauf wurden im Wald Stämme ausgesucht und gefällt, um Holz für den Schiffsbau zu gewinnen, da die Planken, die man vom Wrack geborgen hatte, zum großen Teil wegen der Bolzenlöcher darin nur schwer zu verwenden waren.

Der Ingenieur hatte sich für den Bau eines Kutters entschieden, der zwölf Fuß breit, vierzig Fuß lang und so tief werden sollte, dass das Fahrzeug sich möglichst steif im Wasser halten konnte.

So kam unter allgemeiner emsiger Arbeit schließlich der große Tag heran, wo der Kiel des Kutters ausgebaut werden konnte, eine Aufgabe, die die fünf Männer vom Morgen bis zum Spätnachmittag angestrengt beschäftigte.

Aber noch aus einem anderen Grund sollte der Tag dieser kleinen Kolonie den Verbannten im Gedächtnis bleiben, denn er brachte ihnen einen Verlust, dessen Schmerz wie eine düstere Wolke noch länger über ihnen hing, als ihr Aufenthalt auf der Insel währte.

Bei den häufigen Fahrten zwischen Wrackbucht und der Seeninsel hatte man bei einer sechs Meilen nördlich der Insel gelegenen Gruppe niedriger Klippen eine Fischart entdeckt, die außerordentlich wohlschmeckend, aber nur in der Zeit zwischen Untergang und Aufgang der Sonne zu fangen war. Es war daher Gebrauch geworden, dass nach des Tages Arbeit, fast täglich einer oder mehrere Männer zu jenen Klippen hinaussegelten, um für alle Mann ein Gericht dieser leckeren Fische zu holen.

Am Tag des Kielbaus segelte Keppen Lüdemann mit dem *Seeadler* allein auf den Fang. Die anderen blieben daheim, weil sie zu sehr ermüdet waren.

Der Doktor begleitete ihn bis zum Strand.

»Schlafen Sie beim Angeln nicht ein, Freund«, sagte er zu dem alten Schiffer, »damit Sie nicht über Bord fallen. Und achten Sie auf das Wetter. Mir scheint der Wind abflauen zu wollen und dann springt er um. Sie haben doch die schwere Wolkenbank bemerkt, die dort im Westen herankommt?«

»Die habe ich schon lange gesehen«, antwortete der Kapitän. »Das wird wieder ein Gewitter geben. Die ziehen immer gegen den Wind. Ehe das aber da ist, bin ich längst wieder zurück und in meiner Koje.«

Damit stieg er in das kleine Boot, das zum Überfahren diente und paddelte zum Pontonfloß, das etwa fünfzig Meter vom Ufer an seiner dort verankerten Boje lag. An dieser machte er die Fangleine des kleinen Bootes fest, schwang sich an Bord des *Seeadler*, machte das große dreieckige Segel los, heißte die Rah mit Hilfe einer kleinen Winde, die Niklas zu diesem Zweck gemacht hatte, glitt den Seestrom hinunter und hinaus in die offene See.

Hier bemerkte er mit Befriedigung, dass die Wolkenbank, auf die Cellarius ihn aufmerksam gemacht hatte, bereits ganz über die Kimmung emporgestiegen war und sich unter dem Einfluss des Mondes langsam aufzulösen und zu verfliegen begann.

Bei den Klippen angelangt, warf er den kleinen Anker über Bord, ließ das Segel nieder und legte die Fischleinen aus. Die Fische bissen schlecht. Eine volle halbe Stunde verstrich ehe der erste an der Angel saß.

Nach und nach schlief der alte Schiffer ein. Er war im Grunde ebenso übermüdet wie seine Gefährten. Im Traum sah er sich im Handgemenge mit Malaien, ein wilder Geselle zückte den geflammten Dolch gegen seine Brust. Da fuhr er jäh und mit einem Schrei aus dem Schlaf.

Die Leinen hingen leer. Nicht nur die Köder, auch die Haken waren abgerissen. Er holte sie ein und schickte sich zur Heimfahrt an. Denn der Mond war bis zum westlichen Horizont niedergesunken. Mitternacht musste daher schon vorüber sein.

Die Brise war frischer als zuvor, die Kimmungslinie war klar, aber die obere Atmosphäre zeigte sich diesig. Das bedeutete eine Änderung des Wetters. Er warf einen Kennerblick in die Runde und murmelte vor sich hin, dass es morgen auf der Werft nicht viel zu tun geben würde.

Der Anker war an Bord und der Schiffer begann das Segel zu setzen. Dabei traf sein Auge den Mond, der dabei war, langsam unter den Horizont zu sinken. »Ha! Was ist das?«, murmelte er vor sich hin.

Der Wind stand plötzlich still. Keppen Lüdemann schattete seine Augen mit beiden Händen, um das schwarze Ding besser erkennen zu können, das sachte quer über die bleiche Scheibe des Mondes glitt.

»Träume ich denn wieder?«

Nein, das war kein Traum. Was da vor der Scheibe des sinkenden Planeten entlangglitt, waren die oberen Segel eines großen Schiffes. Es steuerte südlich, vielleicht auch südwestlich oder südöstlich. Kapitän Lüdemann konnte es nicht feststellen.

Schnell heißte er die Rah vollständig auf, setzte das Segel, holte die Schot an und brachte das Fahrzeug dicht an den Wind während er sich fragte, was nun zu tun sei.

Zur Insel zurückzukehren und dort auf der westlichen Seite des Mittelgebirges, der einzig geeigneten Stelle, ein großes Feuer anzuzünden, das würde mit dem Holzsuchen drei Stunden kosten. Und ob dann die Besatzung des Schiffes das Signal, wenn sie es überhaupt sieht, verstehen würde? Nein, die Wahrscheinlichkeit eines Fehlschlages wäre zu groß.

Keppen Lüdemann machte sich daher kurz entschlossen auf die Verfolgung des fremden Seglers. Derselbe konnte nach des alten Seemannes Ansicht gegenwärtig nicht mehr als fünf Knoten laufen. Der *Seeadler* aber machte bei dieser Brise gegen sieben. Bei Sonnenaufgang musste er daher dem Fremden so nahe sein, dass er sich ihm bemerkbar machen konnte. Er musste ihn einholen, um jeden Preis! Er fierte die Schot auf und machte sich auf die Jagd.

Der Mond war bald verschwunden, trotzdem glaubte der Schiffer, die Segel des Fremden noch einige Minuten wie schwarze Schatten über der Kimmung zu sehen. Als er sie verloren hatte, steuerte er nach einem Stern. Da aber das Firmament sich immer mehr bezog, musste er den Stern immer wieder wechseln. Die Brise wurde unstetig, in der Richtung wie in der Stärke.

Die Nacht wurde immer unsichtiger. Die Insel war noch zu erkennen. Sie lag etwa vier Meilen hinter ihm, ein unbestimmter schwarzer Schatten in der Finsternis.

Plötzlich gewahrte er unterhalb des Segels ein Licht, mehrere Lichter, schwach glimmende Pünktchen. Sie blieben in derselben Entfernung voneinander, er konnte sie zählen. Eins, zwei, drei, wenigstens ein halbes Dutzend wenn nicht mehr, er war nicht gewiss, sie schimmerten so schwach.

Was konnte das sein? War da über dem Leebug eine ganze Flotte von Fahrzeugen? Etwas war da, das war ganz gewiss. Sollte er nun noch einem unsichtbaren Schiff nachjagen? Das wäre Narrheit. Er hielt ab und auf die Lichter zu.

Auf einmal ergoss sich eine grünliche, geisterhafte Helligkeit von oben herab über ihn. Erschrocken erhob er die Blicke und gewahrte mit Schaudern auf der Nock der langen Rah einen Ball züngelnden, zitternden Lichtes, der mit dem Rollen des Fahrzeugs hin und her schwankte, wie die Flamme einer Kerze getan haben würde. Das Licht zog sich bald in die Länge, bald wurde es flach. Bald huschte es ein Stück die Rah abwärts, bald wieder hinauf.

Nach einigen Momenten erschien plötzlich auf der Mastspitze ein ganz ähnlicher Ball. Es waren Elmsfeuer!

Sie verkündeten dem Schiffer nicht nur den bevorstehenden Ausbruch eines Orkans, sie erklärten ihm auch die geheimnisvollen Lichter über dem Leebug auf die er zusteuerte. Auch sie waren Elmsfeuer, die unzweifelhaft auf den Toppen und Rahnocken des Seglers brannten, den er verfolgt hatte, der also jetzt nicht weit ab von ihm sein konnte höchstens etwa eine Meile.

Der Wind war ganz abgeflaut, der *Seeadler* kam nicht von der Stelle. Wie sollte er den Fremden von seiner Nähe in Kenntnis setzen? Etwas musste geschehen und zwar gleich. Denn rings um ihn hauchte, seufzte und rauschte es seltsam in der stillen Finsternis. Unsichtbare Schwingen schienen sich zu bewegen, als wollten sie verkünden, dass der Dämon des Sturms seine Streitkräfte zum Angriff formiere.

Was sollte er tun?

Die Steuerriemen waren zu schwer, um sie zum Rudern gebrauchen zu können. Er musste das Schiff anpreien, vielleicht reichte seine Stimme so weit.

Er legte die zum Sprachrohr geformten Hände an den Mund, holte tief Atem und schrie dann mit aller Kraft seiner Lungen:

»Schiff ahoi!«

Dann lauschte er.

Keine Antwort. Er vernahm nichts als das schwache Raunen und Rauschen des nahenden Orkans.

»Schiff aho...i!«

Was war das? War das nicht ein schwacher Antwortruf von fernher aus der Richtung der gespenstischen Lichter?

»Schiff aho......i!«

Ganz schwach rief es zurück:

»Hallo!«

Plötzlich erschien unterhalb der schwächlich glimmenden Elmsfeuer ein heller Stern, eine Schiffslaterne, die über die Reling gehalten wurde. Eine Minute darauf zeigte sich neben der Laterne ein kleines Fünkchen, das sich schnell in ein grelles Blaufeuer verwandelte von dem eine Wolke weißen Rauches aufstieg und weiße Flammen herniedertropfen.

In seiner blendenden Helligkeit sah der Schiffer kaum eine halbe Meile entfernt eine Brigg, die nur das dichtgereefte Großmarssegel und das Vorstengestagsegel stehen hatte also auf den Sturm vorbereitet war. Er sah auch eine kleine Gruppe um das Magnesiumlicht versammelter Männer, die zu ihm herüberschauen.

Einer der Männer hob die Arme und dann kam über die tintenschwarze See der Ruf:

»Hallo! Wer ruft da?«

Wieder hob der Schiffer die Hände zum Mund.

»Ein schiffbrüchiger Mann!«, antwortete er. »Backbord ab von euch!«

Der an Bord winkte mit der Hand zum Zeichen, dass er verstanden hatte und in demselben Moment erlosch das Blaufeuer. Ein anderes wurde schnell angezündet und als der grelle Schein abermals die Brigg beleuchtete, bemerkte der Schiffer, dass nur noch ein Mann auf der Back stand, nämlich der, der das Magnesiumlicht emporhielt und dass die Übrigen achteraus gelaufen waren und sich mit den Davitstaljen zu schaffen machen, an denen ein Boot hing.

Auf einmal zerriss jäh das ganze Firmament vom Zenit bis zum Horizont, das ganze Weltall schien in Brand gesetzt zu sein durch die wilde Flamme der Blitze, die aus dem Riss hervorbrachen, während ein ungeheurer Donnerschlag den Schiffer betäubte, der - wenngleich in allen Wettern erprobt - darunter beinahe zusammenbrach.

Einen Augenblick lang war die See und alles was darauf war, von Horizont zu Horizont von einem Licht beschienen, das heller war als der Tag. In diesem einzigen Augenblick sah er nicht nur die Brigg in einem vollständigen Netzwerk von Feuern, sondern auch die riesigen Wolkenballen über sich in hundert phantastische Formen gedreht und gewirbelt von den Gewalten, die in ihnen tätig sind und das schwarze, blanke, mit Furchen und Höhlungen bedeckte Wasser, anscheinend so unbeweglich wie erstarrte Lava.

Dann kam die absolute Finsternis und verschlang alles. Sie war so dick und undurchdringlich, dass der halb betäubte Schiffer, der sich kaum bewusst war wo er sich befand, sich nicht zu regen wagte, um nicht über Bord zu stürzen.

Und nun goss der Regen herab. Nicht in Tropfen, nicht in Strömen, sondern als überwältigende Flut von solcher Dichtigkeit und Wucht, dass der Schiffer auf seine Knie niedergedrückt wurde, den Atem verlor und rang und schnappte wie ein Ertrinkender.

Aber schnell gewann er wieder die Herrschaft über seine Sinne, die er bald sehr nötig hatte. Er raffte sich auf und tappte nach dem Mast, der sich jetzt mitsamt dem triefenden Segel deutlich abhob von dem weißlichen Hintergrund der See. Weißlich durch den Phosphorschimmer des von dem Regen zu Schaum gepeitschten Wassers. Mit bebenden Fingern löste er das Fall der Rah von dem Koffeenagel, um den es gelegt war.

»Jetzt sei Gott mir Sünder gnädig!«, murmelte er dabei, »menschliche Hilfe gibt es nicht mehr für mich!«

In größter Hast und trotzdem mit der ruhigen und geschickten Sicherheit des vollendeten Seemannes, fierte er das Segel an Deck nieder und befestigte es so gut er konnte, denn er wusste, was der nächste Akt des Dramas bringen würde. Er wusste auch, dass die Leute an Bord der jetzt unsichtbaren Brigg ebenso Bescheid wussten wie er und in der Erwartung des Losbruchs des Orkans keinen Gedanken mehr für ihn übrig haben konnten.

Der Regen hörte auf so plötzlich wie er begonnen hatte. Eine grauenhafte Stille folgte ihm kaum unterbrochen durch ein Geplätscher des Wassers langseit des Floßes, denn der Regen hatte die Schwell niedergeschlagen und der *Seeadler* lag, eine sanfte Hebung ab und zu ausgenommen, regungslos.

Nun aber sei bereit, alter Schiffer! Ruf deine ganze Geistesgegenwart und all deinen Mut zu Hilfe, denn nie hast du ihrer so bedurft wie jetzt.

Was bedeutete das dumpfe Grollen in der Luft? Es wurde schnell lauter und lauter. Es schwoll an zu einem tiefen, heiseren, furchtbaren Gebrüll. Das Getöse nahte sich von Steuerbord her.

Fass' den Riemen, Schiffer! Wirf dein Fahrzeug herum, dass der Orkan es nicht von der Seite fasst, dass es vor ihm herlaufen kann! Herum mit ihm! Noch einmal! Gut so!

Jetzt galt es! Da kam er! Fass' die Leine dort und halte dich fest um Leib und Leben!

Ein langer Streif milchweißen Schaumes wurde am Horizont sichtbar. Er rollte heran und breitete sich aus mit furchtbarer Schnelligkeit. Das brüllende Tosen schwoll an zu betäubender Stärke. Die Atmosphäre wurde dick von Dampf. Ein plötzlicher Windwirbel raste vorüber und peitschte des Schiffers Gesicht mit Regentropfen, mit Regentropfen? Sie waren salzig, so salzig wie das Wasser langseit.

Nun folgte ein heulendes Gekrach, ein wildes Durcheinander entsetzlicher kreischender Töne, ein Schlag, der das Pontonfloß erschütterte als sei es gegen einen harten Gegenstand angerannt. Der Orkan war da!

Ein brausender, kochender Schaumberg wälzte sich über das Achterteil des *Seeadlers* herauf, der Schiffer wurde nach vorn geschleudert, er stürzte und blieb betäubt, das Gesicht nach unten auf dem überfluteten Deck liegen.

Siebentes Kapitel

»Er ist nicht da!« - Die Malaien! - Luciens Traum.
Gefangen. - »Sie kommen!« - Ein seltsames Dokument.
»Was soll ich tun?«- Vater und Sohn in der Gewalt der Seeräuber.
Der Doktor als Retter. - Sechzehn gegen zwei.
Was donnert da in der Ferne? - Flucht. - Der »Paladin«

Die Bewohner des Forts begaben sich an jenem Abend zur gewohnten Stunde um zehn Uhr zur Ruhe und lagen, von des Tages Arbeit ermüdet, bald in tiefem Schlaf. Niemand war in Sorge über den Verbleib des Schiffers. Eisenlohr und Cellarius hatten ehe sie zu Bett gingen noch einmal ins Wetter geschaut. Sie zweifelten nicht daran, dass es Sturm geben würde, aber sie waren überzeugt, dass Keppen Lüdemann nicht der Mann sei, der sich davon überraschen ließe. Auch war er bereits so lange fort, dass er jede Minute wieder zurück sein musste. Und so suchten sie ihre Kojen auf, ohne etwas Schlimmes zu ahnen.

Niklas und Gehrke waren die ersten, die aus dem Schlaf fuhren als der Orkan über das Eiland hereinbrach, da ihr Schlafraum auf der Wetterseite des Forts lag.

»Oha!«, sagte der Letztere, »das weht ja, dass alte Weiber keinen Besenstil festhalten können! Junge, Junge, was bin ich froh, dass ich jetzt keine Wache an Deck zu gehen brauche!«

»Das mögen Sie wohl sagen, Steuermann«, erwiderte Niklas, sich aufrichtend. »Mich wundert nur, dass Keppen Lüdemann so ruhig schläft. Haben Sie ihn kommen hören?«

Als Gehrke dies verneinte, verließ Niklas sein Lager und trat an des Schiffers Koje heran.

»Schlafen Sie, Kaptein?«, fragte er.

Keine Antwort. Draußen kreischte und schmetterte der Sturm um die Ecken des Gebäudes. Niklas streckte die Hand aus, aber die Koje war leer.

»Er ist nicht da!«, rief er tief erschrocken.

»Allmächtiger! Wenn er vor dem Sturm nicht mehr binnen gekommen ist, dann ist er verloren!«, sagte Gehrke, aus seiner Koje springend.

Sie schlüpften hastig in die Kleider, eilten in den Hof hinaus und zur Tür des Zimmers, in welchem der Ingenieur mit Frau und Kind wohnte. Sie pochten ihn heraus und meldeten ihm, dass der Schiffer nicht im Fort sei. Eisenlohr stand wie erstarrt.

»Sind Sie schon zum Wasser gewesen?«, fragte er als der Schreck ihn Worte finden ließ.

»Nein«, erwiderte Gehrke, »wir hielten es für besser, zuerst mit Ihnen zu reden.«

»Gut, ich gehe mit Ihnen.«

Sie stiegen die Treppe zum Dach hinauf wo sie auf allen Vieren kriechend in der Finsternis nach der Bambusleiter tasten mussten. Die aber fanden sie nicht, der Sturm hatte sie längst fortgewirbelt. Sie mussten sich daher an einer von Niklas herbeigeholten Leine hinablassen.

Darauf begannen sie die Suche nach dem Pontonfloß, die am Ende vergeblich sein musste.

Das Licht des anbrechenden Morgens zeigte überall eine schreckliche Verwüstung. Die Seeinsel war noch ziemlich gut davongekommen, aber auf dem Festland lagen tausende von Bäumen in wirrem Durcheinander am Boden viele mit der Wurzel ausgerissen, die meisten dicht oberhalb der Erde abgebrochen.

Das Verschwinden des Kapitäns - das Wort »Tod« wollte niemand aussprechen obwohl keiner der vier Männer daran zweifelte, dass der brave alte Seemann mit seinem Fahrzeug zugrunde gegangen sei - lastete auf den Gemütern der Bewohner des Forts. Oft genug noch suchte einer oder der andere draußen den Meeresstrand ab um zu sehen, ob der Ozean dort vielleicht den Leichnam des Vermissten angespült habe.

Die Arbeit auf der Schiffswerft wurde mit aller Energie fortgesetzt und in unglaublich kurzer Zeit waren die Spanten aufgerichtet und befestigt, die Planken bis zur Schanzkleidung geführt, das Deck gelegt und die Masten in ihren Spuren aufgestellt. Das kleine Schiffchen versprach ein Muster von Schönheit und Seetüchtigkeit zu werden und mit Freude sahen alle dem Tag entgegen, an dem es vom Stapel gelassen würde.

Schon hatte man begonnen, die Wanten, Pardunen und Stagen anzubringen und man rechnete damit, dass der Kutter, der den Namen *Hammonia* erhalten hatte, bald fertiggestellt sein würde. An einem schönen Sonntag machte sich Eisenlohr mit den beiden Kindern nach dem Festland auf, um mit ihnen einige von den seltsam gestalteten und prächtig gefärbten Muscheln zu sammeln, die am Meeresstrand zu finden waren. Sie sollten als Andenken an die Zeit der Verbannung mitgenommen werden, wenn man an Bord des Kutters wieder in die Zivilisation zurücksegelte.

Es war gegen Abend. Die Sonne war bereits hinter den westlichen Bergzügen verschwunden. Der Doktor saß mit den beiden Damen auf dem Dach des Forts um die frische Brise zu genießen und die Muschelsucher zu erwarten. Da wurde die friedliche Stille plötzlich durch einen Schuss unterbrochen, dem noch ein halbes Dutzend weitere Schüsse folgten, und zugleich erschien hinter dem hohen Buschwerk die Spitze eines großen, dreieckigen Segels.

Ein fremdes Fahrzeug im Seestrom! Das war des erschrockenen Doktors erster Gedanke. Der unbewaffnete Eisenlohr und die Kinder waren wahrscheinlich gerade auf der Überfahrt vom Festland zu der Seeninsel und der Besatzung des fremden Fahrzeugs voll in Sicht - sein zweiter Gedanke und dass das Schießen feindselig und gegen die Zurückkehrenden gerichtet gewesen war sein dritter. Und alle folgten einander mit Blitzesschnelle. Ein vierter gesellte sich sogleich dazu - Seeräuber!

Es war eine lange Zeit vergangen seit Kapitän Lüdemann vor den in diesen Gewässern herumstreifenden malaiischen Seeräubern gewarnt hatte und die Furcht vor denselben war allmählich wieder eingeschlafen, ebenso die Wachsamkeit. Sollte das gefährliche Gesindel jetzt auf einmal da sein?

Cellarius sprang auf, ein kalter Schauer durchbebte ihn. Er rief den Frauen hastig einige Worte zu, die beruhigend wirken sollten, aber das Gegenteil hervorbrachten. Dann eilte er die Treppe hinab in den Hof, holte sich Eisenlohrs geladenes Repetiergewehr, rief Niklas und Gehrke, die auf das Feuern aus ihrem Quartier gestürzt waren, zu, sich zu bewaffnen und ihm zu folgen. Dann sprang er wieder zum Dach hinauf, eilte die Bambusleiter hinunter und rannte in der Richtung des Wassers davon.

Er hatte auf dem durch das Buschwerk führenden Pfad kaum hundert Meter zurückgelegt, da drang der verzweifelte Angstschrei einer Kinderstimme, der Stimme seines Töchterchens, an sein Ohr, und gleich darauf stürzte ihm die kleine Lucie mit aufgelöstem Haar, wildstarrenden Augen und ausgestreckten Ärmchen entgegen. Als sie ihn erkannte, stieß sie einen schwachen Freudenruf aus und sank dann erschöpft und fast leblos zu seinen Füßen nieder.

Kaum zehn Schritte hinter ihr kam ein malaiischer Seeräuber in langen Sätzen daher, mit erhobenem Kris und triumphierend funkelnden Augen.

Der Doktor warf sich zwischen sein Kind und dessen Verfolger, riss seine Büchse an die Wange und drückte ab. Dabei traf er den Seeräuber so, dass dieser tot auf die Erde fiel.

Keuchend vor Erregung und kampfesmutig stand der Doktor schützend über seinem Kine und wartete auf weitere Feinde. Aber keiner ließ sich mehr sehen. Wohl aber erschienen Gehrke und Niklas mit schussfertigen Gewehren auf dem Schauplatz. Sie erhielten die Weisung, vorsichtig so weit wie möglich vorzudringen, zu erforschen, was aus Eisenlohr und seinem Söhnchen geworden sein mochte und dann schleunigst zum Fort zurückzukehren.

Die beiden Frauen schauten über die Brustwehr des Daches. Schon von weitem rief er, dass dem Kind nichts fehle, dass es nur erschreckt worden sei und dass sein Bett bereitgehalten werden sollte.

Frau Eisenlohr glaubte daraus entnehmen zu können, dass ihr Gatte und Willy auch bald da sein würden. Sie ging daran Luciens Bettchen zu machen und überließ es der Freundin, das Kind in Empfang zu nehmen.

»»Ängstige dich nicht, liebe Marie«, sagte der Doktor leise und hastig zu seiner Frau, als er bei ihr angelangt war. »Lucie ist vor Furcht ohnmächtig geworden, aber sie wird bald wieder frisch und munter sein. Die Seeräuber sind da und ich befürchte sehr, dass sie den armen Eisenlohr und seinen Sohn gefangen haben. Niklas und Gehrke werden uns Gewissheit darüber bringen. Frau Eisenlohr wird nach ihm und dem Jungen fragen. Überlass mir Lucie, geh zu ihr und bereite sie so schonend wie möglich vor. Ihr Frauen versteht das am besten. Sage ihr, dass wir noch nichts Gewisses erfahren hätten, dass alles aber vielleicht besser stünde als wir fürchten. Da kommt sie schon. Geh und sei recht liebevoll zu ihr.«

Frau Cellarius macht sich auf den schweren Gang und der Doktor verschwand mit der kleinen Lucie in seiner Wohnung.

Das Kind schlief ruhig, als seine Mutter an seinem Bettchen erschien.

»Es ist schrecklich!«, sagte sie schluchzend zu ihrem Gatten. »Die arme, arme Dora! Sie versucht ja fest zu sein, aber..., oh es ist unaussprechlich traurig! Mann und Kind auf einmal zu verlieren! Kann denn nichts geschehen, die beiden noch zu retten?«

»Vorläufig nichts«, antwortete der Doktor tief niedergeschlagen. »Wir sind jetzt nur drei Männer und wissen nicht wie zahlreich der Feind sein mag. Ich muss warten, bis die beiden anderen wieder hier sind, dann aber soll alles versucht werden, und es müsste sehr schlimm kommen, wenn es uns nicht gelänge sie zu befreien.«

Die Kleine war inzwischen wieder erwacht. Sie richtete sich auf und blickte verwirrt um sich.

»Ist schon Morgen, Mama?«, fragte sie. »Habe ich zu lange geschlafen? O Mama, ich habe Böses geträumt! Soll ich es dir und Papa erzählen?«

»Ja, Liebchen, lass hören«, sagte der Doktor und streichelte ihr das blonde Köpfchen. »Vielleicht bekommen wir etwas zu hören, was von größter Wichtigkeit für uns sein kann«, fügte er zu seiner Frau gewandt hinzu.

»Ich träumte«, begann Lucie, »ich wäre mit Willy an das große Wasser gegangen und wir suchten Muscheln und Onkel Eisenlohr war auch dabei. Dann wollten wir in dem Boot wieder nach Hause fahren. Aber da kam ein großes Schiff, da waren viele schreckliche Männer drauf, die schossen mit Gewehren und ein Schuss traf Onkel Eisenlohr und sein Gesicht wurde ganz blutig. Die Männer stiegen in ein Boot und fuhren hinter uns her und dann stiegen wir schnell an Land und Onkel Eisenlohr sagte zu Willy und mir, wir sollten nach Hause laufen, so geschwind wir nur könnten. Onkel Eisenlohr nahm ein Ruder und schlug damit die schrecklichen Männer. Ich wollte stehen bleiben, aber Willy zog mich fort und wir rannten ganz furchtbar schnell. Aber einer von den Männern rannte uns nach und er hatte ein langes Messer in der Hand. Dann fiel der arme Willy hin und der grässliche Mann nahm ihn auf und ... o Mama!«

Der Kleinen Augen füllten sich mit Tränen und ein Ausdruck großer Angst trat auf ihr Gesichtchen.

»War das ein Traum Papa, oder ist das wirklich so gewesen?«, fragte sie.

»Es ist wirklich so gewesen«, antwortete der Vater.

In diesem Augenblick erscholl von draußen der laute Ruf einer mächtigen Stimme. Der Doktor eilte zum Dach hinauf, lehnte sich über die Brustwehr und schaute hinab in das Abenddunkel.

»Sind Sie das, Steuermann Gehrke?«, fragte er, als er direkt unter sich zwei Gestalten erblickte.

»Ja, wir sind's«, antwortete Gehrke für sich und seinen Gefährten.

Der Doktor ließ schnell die Leiter hinunter. Die Männer kamen herauf und zogen die Leiter wieder auf das Dach.

»Nun?«, fragte der Doktor in angstvoller Erwartung. »Was bringen Sie für Nachricht?«

»Schlimme, sehr schlimme Nachricht«, antwortete Gehrke. »Sie haben Herrn Eisenlohr und Willy gefangen und nun quälen sie den armen kleinen Bengel anscheinend bloß, um seinen Vater dadurch zu peinigen.«

Cellarius biss die Zähne zusammen und stöhnte in der Bitterkeit seines ohnmächtigen Grimmes.

»Ja, es war schauderhaft anzusehen«, nahm Niklas jetzt das Wort. »Das arme Kind! Denken Sie sich, Herr Doktor, da standen die beiden, Vater und Sohn, an zwei Bäumen festgebunden und wir mussten das aus dem Busch mitansehen! Wir konnten nichts tun, es waren siebenundzwanzig Mann!«

»Außerdem hatten wir an Sie und die Damen zu denken«, setzte Gehrke hinzu. »Aber wir haben geschworen, Niklas und ich, die Sache noch heute Nacht mit den Schuften auszufechten und nun wollen wir mit Ihnen darüber Rat halten. Übrigens habe ich so viel aus den Gebärden und dem Gerede der Seeräuber entnehmen können, dass sie unser Fort erspäht haben und hierher kommen wollen!«

Der Doktor reichte beiden die Hand.

»Ich danke Ihnen, meine lieben treuen Freunde«, sagte er mit heiserer Stimme. »Ja, wir wollen es mit den Schurken ausfechten, aber ohne Übereilung. Es steht zu viel auf dem Spiel. Niklas, besorgen Sie uns etwas zu essen und zu trinken, denn wir brauchen alle unsere Kräfte. Sie, Steuermann, bringen alle Gewehre und Munition herauf, damit wir die Seeräuber warm empfangen können wenn sie sich zeigen.«

Die Befehle wurden ausgeführt. Während des Essens lugte Gehrke durch die Schießscharten. Der Mond war aufgegangen und warf seinen hellen Schein auf die ganze Gegend.

»Sie kommen!«, flüsterte er plötzlich.

Die beiden anderen sprangen auf, jeder sein Gewehr in der Hand. In dem Buschwerk bei dem zum Wasser führenden Pfad bemerkten sie drei finstere Gestalten, zu denen sich schnell noch mehr gesellten, bis die Wächter auf dem Fort deren zwölf zählen konnten. Ab und zu kam einer von ihnen wie eine Schlange in dem hohen Gras und so weit die Schatten des Buschwerks und der Bäume reichten, an das schweigende Haus herangekrochen um die Lage auszuspähen. Aber jedes Mal zog er sich dann eiligst zurück, als ob ihm das Ding doch zu gefährlich schiene.

Nach einer Weile setzte sich der ganze Haufe in Bewegung und zwar in einer Richtung, die zur Entdeckung der Schiffswerft führen musste.

»Das geht nicht«, sagte der Doktor leise zu seinen Gefährten, »da müssen wir einen Riegel vorschieben, sonst stecken sie uns den Kutter in Brand. Sehen Sie den breiten Streifen Mondlicht dort auf dem Gras? Den ersten, der da hinüber will, nehme ich auf mich, den zweiten schießen Sie nieder, Steuermann, ich wieder den dritten und Sie den vierten und so fort. Niklas hält sein Feuer zurück für den Fall, dass sie auf uns losstürmen sollten, dann geben wir alle Schnellfeuer.«

Er legte an und brachte Korn und Visier in eine Linie mit dem Stamm eines jungen, im vollen Mondlicht stehenden Baumes vor welchem die schleichenden Gestalten passieren mussten.

Der erste Seeräuber blieb am Rand des Lichtstreifens einen Moment zögernd stehen, sah zum Fort herüber und lief dann so schnell er konnte, dem nächsten Schattenfleck zu. Ein Knall und augenblicklich stürzte er und blieb regungslos im Gras liegen. Ein Zweiter befand sich bereits im Mondschein und wollte umkehren. Aber schon streckte ihn der Schuss des Steuermannes nieder. Ein Dritter sprang aus dem Schatten, um den Gefallenen zu bergen, aber des Doktors tödliche Kugel vereitelte das.

Die übrigen Männer drängten sich dicht aneinander. Doch das war ihr Verderben, denn jeder der drei Schützen feuerte nun in den Haufen hinein und jeder Schuss traf. Da wurde es den Seeräubern zu viel und sie ergriffen eiligst die Flucht. Aber die Kugeln der drei Männer auf dem Dach des Forts waren schneller als die Fliehenden, so dass am Ende nur vier von ihnen davonkamen.

»In dieser Nacht werden wir nichts mehr von ihnen sehen«, bemerkte der Doktor, indem er sein Repetiergewehr aufs Neue lud.

Aber er irrte sich. Denn zwei Stunden später, während sie noch immer die Frage berieten, die ihnen am meisten am Herzen lag, die Befreiung Eisenlohrs und seines Sohnes, wurde ein rötliches Licht von dem Buschpfade her sichtbar und gleich darauf kamen zwei der Seeräuber furchtlos auf den freien Platz vor dem Fort herausgeschritten. Der eine trug eine Fackel in der rechten und ein Palmblatt in der linken Hand. Der andere schwenkte etwas Weißes, was anscheinend ein Stück Papier war.

»Die kommen und wollen verhandeln«, sagte der Doktor, die beiden Kerle durch die Schießscharte musternd. »Wir wollen hören, was sie zu sagen haben.«

Die Seeräuber kamen kühn bis dicht an die Mauer heran. Sie setzten unbedingtes Vertrauen in ihr Friedenszeichen, das Palmblatt. »Well, what do you want?«, fragte der Doktor auf englisch. Er sagte sich, dass diese Männer wohl am ehesten etwas von der Sprache der Seefahrt verstehen würden.

Der Träger des Papiers schien den Sinn der Frage auch zu begreifen. Er rief einige unverständliche Worte und hielt seinen Zettel dem Doktor entgegen.

Niklas hatte etwas Kabelgarn in der Tasche. Das Ende davon wurde herabgelassen. Der Mann unten befestigte mit großem Ernst sein Dokument daran, machte eine orientalische Verbeugung und entfernte sich, gefolgt von dem Fackelträger.

»Sie bleiben hier oben, Niklas, und halten scharfen Ausguck«, sagte der Doktor, »der Steuermann und ich gehen hinunter um zu sehen was diese Botschaft besagt.«

Das Papier enthielt nichts als einige roh ausgeführte Zeichnungen. Die oberste davon war ein langer horizontaler Strich und darunter allerlei Zeichen, welche augenscheinlich

Wellen darstellen sollten. Über der Mitte des Striches erhob sich ein Halbkreis, von dem rings Strahlen ausgingen und an der Seite stand ein aufrechter Strich. Das sollte ohne Zweifel die auf- oder untergehende Sonne bedeuten, wahrscheinlich die erstere. Der Strich sollte vielleicht auf den nächst bevorstehenden Sonnenaufgang hinweisen.

Die zweite Skizze stellte das Fort dar, nur hatte der Künstler eine Tür in der Front angebracht. Aus dieser Tür kamen mehrere Männer mit Gewehren heraus. Die vordersten von ihnen hatten ihre Waffen bereits an eine Schar von Seeräubern abgeliefert. Rechts dieser Skizze war eine Gruppe zu sehen, die offenbar die Bewohner des Forts, sowie die Seeräuber gemeinsam darstellte. Dort wurden zwei Gefangene, die Stricke um den Hals und die Hände auf dem Rücken gebunden hatten, an die Bewohner des Forts übergeben. Einer der Gefangenen war ein Erwachsener und einer ein Kind. Offenbar handelte es sich um Eisenlohr und seinen Sohn Willy.

Die dritte und letzte Skizze zeigte ebenfalls das Fort. Diesmal aber ohne Tür. Oberhalb der Brustwehr waren einige der Bewohner zu sehen, die mit Gewehren auf eine untenstehende Abteilung der Seeräuber zielten, die ihrerseits die Gewehre gegen die Bewohner richteten. Rechts davon sah man Eisenlohr und Willy an Bäume gefesselt und von Holzhaufen umgeben, die gerade mit Fackeln in Brand gesetzt werden sollten.

Das seltsame Dokument besagte also klar und deutlich: Wenn das Fort bis Sonnenaufgang kapituliert habe, dann sollten Eisenlohr und sein Sohn wieder in Freiheit gesetzt werden. Andernfalls würden die Seeräuber zum Angriff schreiten und zugleich ihre beiden Gefangenen bei lebendigem Leib verbrennen.

»Entsetzlich!«, rief der Doktor. »Übergeben wir das Fort, dann liefern wir uns alle, Eisenlohr und seinen Sohn einbegriffen, in die Hände verräterischer Schurken, die uns wahrscheinlich kaltblütig umbringen würden, sobald sie uns waffenlos in ihrer Gewalt hätten. Anderseits aber dürfen wir die armen Gefangenen unter keinen Umständen im Stich lassen. Was ist da zu tun, Steuermann?«

»Lassen Sie uns das mit Niklas überlegen«, antwortete Gehrke. »Ich kann Ihnen nur sagen, ich werde es nicht zulassen, dass die Seeräuber Herrn Eisenlohr oder seinem Sohn ein einziges Haar krümmen, solange ich noch eine Büchse abschießen oder eine Axt heben kann!«

Und Niklas wusste auch nichts anderes, als einige gewaltige Flüche gegen die Seeräuber loszulassen und heilig zu versichern, dass sie ihn eher umbringen als den Gefangenen etwas antun sollten.

Der Doktor griff sich verzweiflungsvoll an den Kopf.

»Lassen Sie mich allein!«, rief er. »Ich will die Sache überdenken. Gehen Sie zur Koje und ruhen Sie ein paar Stunden, Sie werden bald alle Kraft nötig haben. Ich wecke Sie zur rechten Zeit.«

Die beiden Seeleute zogen sich zurück. Cellarius aber lief rastlos auf dem Dach hin und her und zermarterte sich das Gehirn darüber was seine Pflicht jetzt von ihm verlange.

Befänden die beiden Frauen und seine Tochter sich an einem sicheren Ort, dann hätte er sich unverzüglich mit seinen beiden braven Kollegen aufgemacht, um die Gefangenen zu befreien oder mit ihnen zu sterben. Aber die Übermacht war zu groß, noch immer sieben gegen einen. Unterlagen sie, was sollte dann aus den Frauen und seinem Kind werden?

»O Gott, steh mir bei!«, rief er. »Was soll ich tun?«

Er sah auf seine Uhr, es war zwei vorüber. Noch vier Stunden bis Sonnenaufgang. Es blieb ihm nicht mehr viel Zeit, denn wenn die Sonne sich über dem Horizont zeigte, mussten Eisenlohr und sein Sohn sich wieder im Schutz des Forts befinden oder ... daran durfte er nicht denken.

Er stieg in den Hof hinab und gab den Seeleuten die Order, ihn auf dem Dach zu erwarten. Dann ging er in seine Wohnung und nahm mit einem Kuss Abschied von seinem schlafenden Kind. Seine Frau war nicht anwesend. Er wusste wo sie sich aufhielt. In Frau Eisenlohrs Gemach brannte Licht.

Als er auf den Fußspitzen an der Tür vorbeiging, vernahm er Frau Marias gedämpfte Stimme und ein unterdrücktes Schluchzen.

Er huschte die Treppe hinauf und machte Gehrke und Niklas mit seinem Plan bekannt. Er hatte sich beide Repetiergewehre Eisenlohrs übergehängt und zwei Revolver in den Gürtel gesteckt. Geräuschlos ließ er sich die Bambusleiter hinab. Dann befahl er den Gefährten, sie hinter ihm wieder emporzuschieben und schritt dann schnell durch das tauschwere Gras in der Richtung der Schiffswerft davon.

Auf welche Weise die Prahus der malaiischen Seeräuber in den Seestrom gelangt waren, muss immer ein Geheimnis bleiben. Wahrscheinlich ist dabei nichts als ein Zufall im Spiel gewesen. War doch selbst Eisenlohr bei seinen Fahrten zwischen der Wrackbucht und der Seeninsel mehrfach an der Insel vorbeigesegelt ohne sie zu bemerken.

Kaum hatten die Räuber den Prahm wahrgenommen, in dem der Ingenieur mit den Kindern auf der Heimfahrt nach dem Eiland war, als sie auch schon Jagd darauf machten. Eisenlohr ruderte aus Leibeskräften und hätte den Strand auch wohl noch zur rechten Zeit erreicht wenn eine Kugel der Verfolger ihn nicht am Kopf gestreift und halb betäubt hätte. Es gelang ihm nur noch, die Kinder an Land zu bringen, ihnen zu befehlen, so schnell wie möglich heimzulaufen und sich dann gegen die ihm in einem Boot nachgeeilten Malaien, neun an der Zahl, mit einem Riemen zur Wehr zu setzen. Drei der Feinde schlug er nieder, dann aber wurde er überwältigt, an Händen und Füßen gefesselt und an einen Baum gebunden.

Zwei Malaien rannten den Kindern nach. Einer von ihnen kam nach längerer Zeit wieder zurück, mit brutalem Griff den kleinen Willy am Arm gepackt haltend und mit sich ziehend. Der Junge weinte vor Angst und Schmerz und als er seinen Vater erblickte, riss er sich plötzlich los, lief auf ihn zu, schlang die Arme um ihn und rief flehend:

»Oh Vater, sage dem bösen Mann, dass er mir nicht mehr wehtun soll! Er hat mich geschlagen und schrecklich am Arm gerissen! Oh lass ihn mich nicht wieder anrühren!«, bat er laut aufweinend, als der Malaie erneut auf ihn zukam.

Der Ingenieur stöhnte voller Verzweiflung.

»Mein lieber Sohn, ich kann dir nicht helfen«, sagte er. »Siehst du nicht, dass mich die Männer fest an den Baum gebunden haben? Wir können jetzt nichts anderes tun, als uns ruhig zu verhalten und in unser Schicksal zu fügen, denn diese Menschen haben uns ganz in ihrer Gewalt. Geh ganz still mit dem Mann, dann wird er dir vielleicht kein Leid mehr tun.«

»Muss ich, Vater?«, fragte der arme Kleine tränenden Auges und verwundert über des Vaters anscheinend herzlose Weisung.

»Ja, mein liebes, gutes Kind«, erwiderte dieser mit gebrochener Stimme, »ich sage dir das zu deinem eigenen Besten.«

Er fühlte den unausgesprochenen Vorwurf in den Augen des Jungen wie einen stechenden Schmerz im Herzen als er sehen musste, wie Willy sich verloren abwandte und dem Unmenschen überlieferte, der sein wehrloses Opfer von neuem heftig an sich riss.

»Oh, tu mir nicht so weh, ich gehe ja mit dir!«, schrie der arme Junge und Eisenlohrs Vaterherz zersprang fast vor Jammer und ohnmächtiger Wut beim Anblick des Kindes, das sich vor Schmerz krümmte, als ihm der Seeräuber die Finger in die Schulter schlug, ihn zu einem nahestehenden Baum schleppte und an den Stamm fesselte. Dabei umschnürte er die kleinen Handgelenke so gewaltsam und fest, dass der Junge ein herzdurchbohrendes Gekreisch ausstieß.

Vergeblich versuchte Eisenlohr seine Fesseln zu sprengen. Aber die Stricke waren zu stark und zu zäh, sie schnitten ihm ins Fleisch bis auf die Knochen, sie krachten und knarrten, aber sie rissen nicht. Zum Äußersten erschöpft gab er die nutzlosen Anstrengungen auf, zum höhnischen Vergnügen einer kleinen Schar der Seeräuber, die ihn beobachtet hatten.

Inzwischen hatte Willys Peiniger einen langen Zweig abgeschnitten, um den Jungen damit zu peitschen, aber diese nichtswürdige Grausamkeit wurde durch einen anderen der Seeräuber vereitelt, der - anscheinend einer der Offiziere der Prahu - ihn mit einem barschen Befehl fortschickte.

Auf einen nicht minder barschen Zuruf entfernten sich auch die Zuschauer und nun trat der Erretter an den schluchzenden Jungen heran, murmelte einige Worte und lockerte dabei die Fesseln, bis sie dem kleinen Gefangenen keine Qualen mehr verursachen konnten. Eisenlohr warf ihm einen Blick unaussprechlicher Dankbarkeit zu, der auch nicht unverstanden zu bleiben schien.

Bald nach der Wohltat, die dieser Malaie ihm erwiesen hatte, versank der Junge infolge der ausgestandenen Furcht und Angst in eine schlafähnliche Betäubung, die ihn allen Jammer vergessen ließ. Der Vater redete ihn ein paarmal leise an, erhielt aber zu seiner Genugtuung keine Antwort. Er befand sich in einem solchen Stadium der Verzweiflung, dass er es als ein Glück empfunden hätte, wenn ihm die Gewissheit geworden wäre, dass sein über alles geliebter Junge gestorben und allen ferneren Leiden entrückt sei.

Denn die Zukunft zeigte ihm keinen Hoffnungsstrahl. Wohl wusste er, dass die braven und treuen Männer im Fort ihn und sein Kind nicht in der Gewalt der Seeräuber lassen würden ohne das Äußerste zu ihrer Rettung zu unternehmen. Aber was konnten drei Männer, und wären sie auch noch so tapfer, gegen eine solche Übermacht ausrichten, es sei denn in der Defensive und hinter steinernen Mauern? Er war überzeugt, dass das Fort demnächst angegriffen werden würde. Wahrscheinlich schlugen dann die Verteidiger die Feinde mit schweren Verlusten zurück. Dann aber rächten sich die Seeräuber an ihm und an seinem Sohn.

Während er noch hierüber grübelte, sah er wie eine Abteilung von zwölf Mann sich in der Richtung nach dem Fort entfernte. Nach einer Weile hörte er starkes Schießen und dann kamen von den Zwölfen nur vier wieder zurück. Sie sahen aber nicht wie Sieger aus.

Es folgte eine heftige Debatte unter den Malaien, dann wurde das Dokument angefertigt und abgesandt. Die Gesandten erschienen bald wieder am Lagerfeuer. Man postierte zwei Schildwachen an den Eingang des Buschpfades und einen Mann vor die beiden Gefangenen. Dann warfen sie frisches Holz auf das Feuer und nach und nach wurde es still im Lager.

Die lange, schreckliche Nacht nahte sich ihrem Ende. Der Mond hing tief am westlichen Firmament. Das Schwarzblau des östlichen Horizontes verwandelte sich in Perlgrau und die Sterne in jener Gegend verloren ihren Schein. Die Atmosphäre, die während der ersten Nachtstunden drückend schwül gewesen war, wurde kühl und erfrischend. Das Gesumm der Insekten war, wie immer gegen Morgen, verstummt. Das Lagerfeuer war zu einem Haufen grauer, fedriger, schwächlich glimmender Asche niedergebrannt. Die beiden Schildwachen hatten ihr Hin- und Herschreiten längst aufgegeben und standen müde auf ihre Gewehre gestützt. Der Mann, der die Gefangenen bewachen sollte, hatte anfänglich ab und zu die Fesseln derselben geprüft um sich zu überzeugen, dass sich noch nichts daran gelockert habe. Jetzt saß er vor den seiner Obhut Befohlenen im Gras, die Arme um die Knie geschlungen und den Kopf darauf geneigt, fest schlafend.

Der kleine Willy war noch immer nicht aus seiner Lethargie erwacht. Eisenlohrs Gedanken wogten wirr durcheinander. Plötzlich aber wurde er aufmerksam. Er spürte eine seltsame Bewegung an seinen Fesseln als ob jemand sich hinter dem Baum an den er gebunden war mit denselben zu schaffen machte. Er fragte sich noch was das sein konnte, da vernahm er ein leises Wispern hinter sich.

»Still, ganz still ... ich bin's, Cellarius!«

Im nächsten Moment lösten sich die Stricke, sackten hinab und wurden hinter den Baum gezogen. Dann erschien ein Arm seitwärts von dem Stamm und Eisenlohr fühlte den kalten Lauf einer Büchse in seiner Hand.

Und wieder wisperte die Stimme:

»Ihr Repetiergewehr, voll geladen. Jetzt mache ich Willy los.«

Cellarius wandte sich dem Jungen zu. Wie weiß und hager sah das kleine Gesichtchen in dem fahlen Morgenlicht aus! Er streichelte ihm die kalte Wange, da schlug der Junge die Augen auf und blickte ihn groß an.

»Still Willy, sei ganz still und bewege dich nicht, wenn dir die Fesseln gelöst werden. Sprich kein Wort, bis ich dir sage, was du tun sollst!«

Der Doktor durchschnitt die Stricke. Willy erkannte ihn, schlang die Arme um seinen Hals und flüsterte:

»Lieber, lieber Onkel, ich danke dir!«

Die Worte waren kaum hörbar gewesen, aber das Ohr des Wächters hatte sie doch vernommen. Er schaute auf und da er bemerkte, dass da etwas nicht in Ordnung war, erhob er sich und ging auf Eisenlohr zu, der noch immer an seinem Baum stand, teils weil seine Glieder noch steif waren, teils weil er auf des Doktors weitere Weisungen wartete. Er rührte sich nicht bis der Malaie ihm auf Armeslänge nahe war. Dann aber erhob er blitzschnell die rechte Faust und versetzte dem Kerl einen heftigen Stoß zwischen die Augen, mit solcher Kraft, dass der Getroffene wie tot niederstürzte. Er glitt hinter den Baum wo Willy noch immer in des Doktors Armen hing, fasste dessen Hand und murmelte:

»Dank, Freund, tausend Dank! Aber was nun?«

»Ich habe Gehrke und Niklas gesagt, uns auf dem Buschweg entgegenzukommen«, antwortete Cellarius, »ich konnte nicht wissen, dass da zwei Halunken Posten stehen.«

»Dann kommen Sie nur«, entgegnete der Ingenieur, »die Kerle sollen uns nicht kümmern. Es ist ihr Pech, dass sie uns im Weg sind. Wollen sie uns nicht passieren lassen, schießen wir sie nieder. Da, sehen Sie, der Kerl, den ich niedergeschlagen habe, regt sich wieder, er wird Lärm schlagen, ehe wir zehn Schritte fort sind. Geben Sie mir das Kind. Schießen kann ich mit meinen abgestorbenen Armen noch nicht, aber den Jungen schleppen kann ich.

Die beiden Freunde liefen aus Leibeskräften dem Buschpfad zu, direkt auf die Schildwachen los. Hinter ihnen erschallte der Alarmruf. Im Moment war das ganze Lager auf den Beinen. Einige der Räuber stürzten herbei, den Flüchtenden den Weg zu verrennen, andere haschten nach ihren Gewehren und eröffneten unter wildem Geschrei ein heftiges Feuer auf sie. Die Schildwachen rafften sich zusammen und erhoben ihre Flinten.

»Halt!«, rief Eisenlohr, setzte den Jungen nieder und wandte sich gegen die Verfolger. »Nehmen Sie die beiden Kerle dort, Cellarius, ich nehme die anderen!«

Der Doktor blieb stehen, zielte kaltblütig und die Schildwachen fielen einer nach dem anderen unter seinem Feuer während ihre Kugeln vorbeipfiffen.

»Liegen sie?«, fragte der Ingenieur, indem er den vordersten der Verfolger niederschoss.

»Beide«, sagte der Doktor.

»Gut, nun wieder vorwärts!«, rief Eisenlohr, den Jungen aufnehmend. Während sie liefen, ließ der Doktor auf einer kleinen Pfeife einen schrillen Ton ertönen.

»Das bringt die anderen herbei«, sagte er atemlos.

Sie waren noch fünfzig Schritt von dem Pfad entfernt. Die leichtfüßigen Malaien kamen ihnen immer näher. Bald mussten sie sie eingeholt haben.

Der entscheidende Augenblick war gekommen. Eisenlohr stellte den Jungen auf die Füße und sagte:

»Lauf nach Hause, Willy, so schnell du kannst und sage der Mutter, der Onkel Doktor und dein Vater würden in einer Viertelstunde bei ihr sein.«

Der Kleine rannte davon. Der Ingenieur blickte ihm einige Sekunden nach.

»Gott sei Dank!«, sagte er dann, »das Kind ist in Sicherheit, vorausgesetzt, dass wir hier zehn Minuten standhalten können.

Und standhalten wollen und müssen wir, nicht wahr Doktor? Kämpfen wir doch für unser Liebstes, für unsere Frauen und Kinder!«

Sie drückten sich stumm die Hände und dann boten sie, wie zwei Löwen, den heranstürmenden Feinden trotzig die Stirn. Noch fanden sie Zeit, mit hastigen Schüssen zwei weitere Seeräuber niederzustrecken, dann aber kamen sie mit der Bande ins Handgemenge.

Ein wilder, grimmiger Kampf entspann sich. Sechzehn Seeräuber gegen den Doktor und den Ingenieur!

Zum Glück für die kleinere Partei hatten die Seeräuber bereits sämtlich ihre Flinten und Büchsen abgeschossen und keine Zeit mehr gehabt, sie aufs Neue zu laden. Doktor Cellarius dagegen hatte außer den beiden zehnschüssigen Repetiergewehren auch zwei sechsschüssige Revolver aus dem Fort mitgebracht und von diesen händigte er einen jetzt dem Freund aus.

Mit Kolbenschlägen und Revolverschüssen erwehrten sie sich der Übermacht so wirksam, dass der Haufe sie weder erdrücken noch niederreißen, noch umgehen und dann von allen Seiten angreifen konnte. Mit der Linken die Gewehre wie Keulen schwingend, mit der Rechten die Revolver abfeuernd, sobald sich in dem rasenden Durcheinander die Gelegenheit zu einem sicheren Treffer bot, brachten sie den Seeräubern solche Verluste bei, dass diese endlich zurückwichen. Zugleich erscholl ganz in der Nähe ein so brüllendes Hurra wie es nur aus Seemannskehlen kommen kann. Es raschelte und knackte in den Büschen, eilige Schritte stapften heran und Niklas und der Steuermann brachen aus dem Dickicht und stellten sich keuchend zu beiden Seiten der Kämpfer auf.

»Willkommen«, sagte Eisenlohr, der in der Erinnerung an das, was er in der Nacht erlebt, wie ein wütender Dämon gefochten hatte.

»Hurra, jetzt wollen wir den Kerlen eine Salve geben!«
»Im Nu lagen die vier Gewehre im Anschlag.

»Achtung! Jeder nimmt seinen Mann aufs Korn!« kommandierte der unverwüstliche Ingenieur. Die Schüsse krachten und drei der Gegner waren gefallen.

Aber was donnerte da in der Ferne? Das Echo der Salve konnte es nicht sein, das war ein Kanonenschuss oder die Ohren der vier Männer mussten sich seltsam getäuscht haben.

Was es aber auch gewesen sein mochte, die Malaien hatte es auch gehört. Sie sahen einander an, Bestürzung auf den Gesichtern. Sie schwankten, zögerten und jagten schließlich in eiliger Flucht davon.

»Hurra!«, schrie der Ingenieur, »wir kriegen Hilfe! Auf, hinterher! Laßt und den Seeräubern noch eine Lektion geben, die sie nie vergessen sollen!«

Sie machten sich an die Verfolgung und trafen auch noch einige Malaien mit Revolverschüssen, brachten aber damit keinen mehr zu Fall. Einer stürzte zwar, aber nur, weil er in seiner angstvollen Hast über eine Wurzel gestolpert war. Eisenlohr erkannte ihn, es war der Schurke, der den kleinen Willy in der Nacht so grausam behandelt hatte.

In zwei Sätzen hatte der Ingenieur ihn erreicht und beim Hals gepackt. Er entriss ihm den Kris und schleifte ihn bis zu einer in der Nähe wachsenden Gruppe von jungem Bambus. Hier setzte er ihm den Fuß aufs Genick, ihn niederzuhalten, und schnitt mit dem Kris eins der zähen, biegsamen Rohre ab. Darauf riss er den Elenden am Kragen hoch und versetzte ihm, nachdem er den Kris fallen gelassen hatte, eine so furchtbare Tracht Prügel, dass der zähe Bambus in Streifen zerfaserte und die Kleidung des Gezüchtigten in Fetzen zerriss. Zuletzt versetzte er ihm noch einen Tritt, den der Seeräuber, abgesehen von den Prügeln, sicherlich zeitlebens nicht vergessen konnte.

Hinkend versuchte er, seinen Gefährten einzuholen, aber das gelang ihm nicht, denn deren Flucht wurde noch beschleunigt durch den Donner der Kanonenschüsse, die jetzt in kurzen Zwischenräumen von der See herüber dröhnten. Sie warfen sich in ihre Boote, stießen ab und überließen es ihm hinterher zu schwimmen so gut er es vermochte.

Bald darauf trieb die Prahu den Seestrom hinab.

Die vier Kampfgenossen langten am Wasser an gerade als das Seeräuberfahrzeug hinter einer Uferbiegung verschwand. Keiner war ohne Verletzungen davongekommen. Diese waren zwar zum Glück nicht gefährlich, beeinträchtigten aber doch ihre Bewegungsfähigkeit. Sie waren daher froh, die Feinde entweichen zu sehen.

Es war dies die erste Gelegenheit für Eisenlohr, den tapferen Waffengefährten für seine und seines Jungen Rettung zu danken. Er tat dies aus gerührtem Herzen und fuhr dann fort:

»Ich habe mir über das Geschützfeuer draußen auf See allerlei Gedanken gemacht und meine, dass es ein Signal ist, das uns gelten soll. Irre ich darin nicht, dann möchte ich dasselbe so erklären: Keppen Lüdemann ist in jenem Orkan nicht umgekommen, sondern ist auf irgendeine wunderbare Art gerettet worden und liegt nun an Bord eines hilfsbereiten Schiffes da draußen, um uns aus unserer Verbannung zu erlösen. Ich würde es daher für richtig halten, wenn Steuermann Gehrke und Freund Niklas im Prahm zur Mündung ruderten und dort Umschau hielten.«

Die beiden Seeleute machten sich bereitwillig auf den Weg.

»Ich will inzwischen zum Fort gehen und den Frauen berichten, dass wir die Feinde geschlagen und in die Flucht gejagt haben. Dann komme ich wieder her, um die Nachrichten von draußen zu erwarten.«

Als Gehrke und Niklas in die Nähe der Mündung gekommen waren, zogen sie den Prahm aufs Land und gingen durch das Unterholz bis zu einer Stelle, von wo aus sie einen weiten Blick über die offene See hatten, ohne selbst gesehen zu werden.

Welch ein Anblick bot sich ihren erstaunt und freudig aufleuchtenden Augen!

Etwa eine Meile vom Strand entfernt lag ein großes Vollschiff beigedreht unter Klüver, Marssegeln und Besan. Im ersten Moment hielten sie es für eine Korvette wegen der beinahe kriegsschiffmäßig aufgetzten und getrimmten

Takelung. Sie erkannten ihren Irrtum jedoch bald, denn an der Gaffel wehte eine deutsche Handelsflagge.

Gehrke war im Besitz eines kleinen Taschenteleskops, das er stets mit sich herumzutragen pflegte. Er zog es hervor und richtete es auf den Dreimaster.

Niklas beobachtete ihn dabei und gewahrte mit Verwunderung wie erst blaß und dann wieder rot wurde und auch sonst noch erkennen ließ, dass eine tiefe Erregung sich seiner bemächtigt hatte. Zwei lange Minuten stand der junge Steuermann wie aus Holz geschnitzt, dann stieß er plötzlich das Fernrohr zusammen und rief:

»Zum Prahm, Mensch! Komm, Niklas, wir müssen auf die See hinausrudern. Das ist der *Paladin,* unser *Paladin*! Und Valeska Merk steht auf dem Kampanjedeck und hat ein Fernrohr am Auge! Pass auf, da geht wieder ein Schuss los!«

Achtes Kapitel

*Die Piraten. - Markus Wenzels Warnung. - Wie Heinrich mit dem
»Paladin« davonsegelt. - Wie er von Wenzel verfolgt wird. - Frei! Wie
Gehrke und Niklas an Bord kamen. - Wiedervereinigung.
Noch einmal auf der Markusinsel. - Wie Keppen Lüdemann wieder
an Bord eines Schiffes kam. - Keppen Rohrpenn von der »Elbe«*

Markus Wenzels Plan, den *Paladin* gründlich überholen und ihn äußerlich so zu verändern, dass er nicht leicht wiedererkannt werden konnte, war ausgeführt worden. Man hatte die Ladung an Land geschafft und in den neuerbauten Schuppen und Lagerräumen untergebracht. Das Schiff selbst war auf die Seite niedergehievt, gereinigt und frisch gestrichen worden. Das Matrosenlogis war so vergrößert, dass es nunmehr hundert Mann beherbergen konnte. Anstatt der alten Bramstengen waren neue, bedeutend höhere, aufgebracht. Dementsprechend hatte man auch die Segel verändert und die Oberreuel ganz abgeschafft, weil sie, nach Wenzels sehr richtiger Ansicht, mehr Umstände verursachten als Nutzen brachten. Das laufende und auch das stehende Gut wurde, soweit sich dies tun ließ, nach Marinemuster angebracht. Die Deckaufbauten, mit Ausnahme des erhöhten Kampanjedecks, fielen fort. Die Schanzkleidung erhielt Kanonenpforten, hinter denen die zwölf Kruppschen Hinterladungsgeschütze aufgestellt wurden. Es war daher nicht zu verwundern, dass Gehrke und Niklas den *Paladin* für ein Kriegsschiff gehalten hatten, als er ihnen wieder zu Gesicht gekommen war.

Alle diese Arbeiten hatten nur eine kurze Zeit in Anspruch genommen und so war das Schiff bald wieder seeklar. In dem Ballasttrimm, der ihm die höchste Segelgeschwindigkeit gestattete, machte es sich jetzt auf seine erste Piratenfahrt.

Es ist unnötig diese Expedition des *Paladin* zu schildern und die Abenteuer zu erzählen, die seine Besatzung zu bestehen hatte. Den Seeräubern fiel bei ihren Raubzügen jedoch wertvolle Beute in die Hände. Wenzels Grundsatz nur im

Notfall Blut zu vergießen, ging bald in die Brüche. Er behielt die Gefangenen, die sich seiner Bande anzuschließen bereit waren an Bord des *Paladin*, die anderen aber setzte er auf der Markusinsel - so hatte er das Eiland genannt, wo er den Hafen für das Schiff gefunden - an Land, wo sie, unter der Fuchtel der dort als »Garnison« zurückgelassenen Piraten, zu schwerer Arbeit gezwungen wurden. Nicht immer ließen sich die Besatzungen der überfallenen Fahrzeuge widerstandslos zu Gefangenen machen. Bei ihrer verzweifelten Gegenwehr floß Blut in Strömen und viele mussten ihr Leben lassen. Nach den ersten Mordtaten wurden die weiteren den Mördern leicht und bald fanden sie es bequemer, die armen Gefangenen einfach niederzustoßen oder über Bord zu werfen, als sie auf die Markusinsel zu bringen. Aus den ehemals so friedlichen Janmaaten waren Dämonen geworden, die vor keinem Verbrechen, vor keiner Schandtat mehr zurückschreckten.

Valeska Merk schwebte während der letzten Wochen der Kreuzfahrt täglich und stündlich in größter Gefahr. Dank des Einflusses, den Heinrich Rohrpenn noch immer auf die Bande ausübte, war das arme Mädchen jedoch offenen Drohungen und Beleidigungen bisher entgangen. Gegen das Ende der Reise hatten sich diese Zustände aber so zugespitzt, dass sie die zwingende Notwendigkeit erkannte, sogleich nach der Ankunft im Hafen die Flucht zu ergreifen. Die andauernde fürchterliche Angst hatte sie dahin gebracht lieber in den Tod zu gehen, als ein solches Leben noch länger zu ertragen.

Endlich lief der *Paladin* in den Hafenkanal ein und ging gegen fünf Uhr nachmittags in dem vordersten Becken der Insel zu Anker. Die Segel wurden hastig und nur oberflächlich festgemacht. Von Disziplin war an Bord des *Paladin* schon längst nicht mehr viel vorhanden, trotz Wenzels Bemühungen sie aufrechtzuerhalten. Die Mannschaft fragte daher auch nicht erst lang um Urlaub, sondern brachte ohne weiteres die Boote zu Wasser und ging an Land. Wenzel, Heinrich und Valeska konnten in der Gig folgen wenn sie mochten. Sie taten es auch und so blieb nur der Steward an Bord zurück, um während der Nacht die Ankerwache zu halten.

Als die Gig das Gestade erreichte, hatten sich die Piraten bereits eines Rumfasses bemächtigt, um die glückliche Beendigung des beutereichen Raubzugs in einem wilden Gelage zu feiern. Vorerst ergingen sie sich nur in Rohheiten und wüstem Lärm. Aber noch ehe eine Stunde vergangen war, waren sie in eine Meute trunkener und heulender Desperados verwandelt, reif für jede Untat, die ihnen in den Kopf kommen mochte.

Valeska befand sich um diese Zeit in der Hütte, die auf Heinrichs Betreiben nach der ersten Landung auf der Insel für sie erbaut worden war, um in ihren Sachen zu kramen und Heinrich war in seinem Zelt auf ähnliche Weise beschäftigt, als Markus Wenzel im Vorübergehen hereinschaute.

»Steuermann«, sagte er finster und übelster Laune, »wenn ich Ihnen raten kann, dann lassen Sie sich heute Abend von der verdammten Brut nicht sehen und sagen Sie das auch Valeska, denn wenn die Schurken den einen oder den anderen von Ihnen in Sicht kriegen, dann kann leicht etwas Schlimmes passieren und weder ich noch irgend ein anderer wäre imstande, Ihnen zu Hilfe zu kommen. Die Bestien sind wahnsinnig betrunken und hungern nach Unfug und Teufeleien. Als ich vorhin versuchte, sie zur Ordnung zu bringen, da haben sie mich tatsächlich ausgelacht! Aber wenn ich ihnen morgen beim Überholen der Takelung das Leben nicht sauer mache, dann soll mich der Teufel holen!«

Diese Warnung, verbunden mit dem, was er bereits gesehen und gehört hatte, veranlasste Heinrich sich unverzüglich zu Valeskas Tür zu begeben und sie herauszurufen. Sie erschien sogleich.

»Soeben war Wenzel bei mir«, begann er hastig. »Die betrunkenen Halunken dort drüben sind nicht mehr zu bändigen und hungern nach Unfug und Teufeleien, sagte er mir. Ich denke, wir tun am besten, auf der Stelle an Bord zurückzukehren. Der Steward und ich gehen Ankerwache und Sie schlafen wie gewöhnlich in Ihrer Kammer.«

Valeska wusste aus Erfahrung, dass sie gut tat, wenn sie Heinrichs Rat Folge leistete. Sie huschte in die Hütte zurück, löschte das Licht aus, verschloss die Tür und dann eilte sie mit dem jungen Mann auf Umwegen nach der Stelle am Strand wo die Gig lag. Heinrich ließ sie einsteigen und sich niedersetzen, stemmte die Schulter gegen den Bug des halb auf das Land gezogenen Fahrzeugs, schob es ins Wasser und schwang sich gleichfalls hinein. Der volle Mond stand hoch am Firmament, und Heinrich war in Furcht, dass man ihn sehen und beobachten könnte. Die Banditen hatten jedoch ein großes Feuer angezündet, um das sie herumsaßen und lagen und die blendende Flamme verhinderte sie, jenseits des Feuerscheins etwas zu erkennen.

Seit dem Tag der Meuterei hatte Heinrich seinen Fluchtgedanken nicht einen Augenblick aufgegeben und in der letzten Zeit hatten er und Valeska dabei stets die Schatzhöhle als einzige Zuflucht vor Augen gehabt. Jetzt aber, als er das stolze Schiff vor sich aufragen sah und sich sagte, dass nur ein Mann es bewachte und dass dieser Mann ihm freundlich gesinnt war, kam ihm plötzlich eine kühne Idee und sofort beschloss er, sie auszuführen.

Sie legten an und stiegen die Fallreepsleiter hinauf. Das Deck lang ganz einsam. Der Steward hatte seine Koje aufgesucht und schlief wie eine Ratte, denn bei der mäßigen, aus Nordwesten wehenden Brise war nichts zu fürchten. Er hatte gemeint, dass während der Nacht niemand kommen und mit dem Schiff davongehen würde. Heinrich ging hinunter und rüttelte den gewissenhaften Wächter unsanft wach.

»Steward«, sagte er, »keine Müdigkeit mehr! Und wenn Ihnen die Augen zugefroren sind, dann klappen Sie wenigstens die Ohren auf. Ich habe Ihnen etwas Wichtiges zu sagen!«

Der Steward fuhr empor.

»Oh, Sie sind das, Steuermann!«, brummte er. »Ich habe ja gar nicht geschlafen. Was ist los? Was soll das?«

»Haben Sie mir nicht öfters gesagt, wenn ich von diesem Räuberschiff ablaufen wollte, dass Sie dann gern mitkommen würden?«, fragte Heinrich.

»Ja, verdammt, das habe ich gesagt!«, rief der Mann, »und das sage ich auch jetzt noch! Ja, wahrhaftig, Steuermann Rohrpenn! Ich habe es mit den Schuften ausgehalten, weil ich nicht auf einer Insel ausgesetzt werden wollte wie die Passagiere und Keppen Lüdemann und der junge Gehrke. Ich wusste damals nicht, was mir bevorstehen sollte. Ich bin ein friedfertiger Mensch und bitte meinen Herrgott jeden Tag, er möge mich von dieser Mörderbrut befreien.«

»Das kann etwas werden«, sagte Heinrich. »Wenn ich nun einen Fluchtplan bereit hätte, der freilich nicht ungefährlich ist und auch viel harte Arbeit erfordert, würden Sie sich mir anschließen?«

»Ob ich das wollte?«, rief der Steward, der eilfertig aus der Koje gesprungen war. »Ganz gewiss will ich das, Steuermann Rohrpenn! Stellen Sie mich auf die Probe! Mir ist nichts zu gefährlich und keine Arbeit zu hart, wenn ich Aussicht habe, von dem heulenden Mörderpack da drüben loszukommen! Sehen Sie doch, was haben die Hunde jetzt angerichtet? Sie haben Valeskas Hütte in Brand gesteckt!«

Heinrich holte das Teleskop aus der Kajüte.

»Wahrhaftig!«, rief er, nachdem er das Glas auf die Feuersbrunst gerichtet hatte, deren Flammen zwischen den Baumkronen emporzüngelten. »Doch das kann uns jetzt gleich sein, denn in dieser Nacht fliehen wir, jetzt, auf der Stelle und ich bin froh, dass Sie mitwollen. Ich will nämlich mit dem Schiff in See gehen.«

»Mit diesem Schiff hier? Steuermann, das ist unmöglich! Das kriegen wir nicht fertig!«, rief der Steward.

»Ich will es unter allen Umständen wenigstens versuchen«, entgegnete Heinrich ruhig. »Ich mache den Klüver los und Sie holen mir währenddessen einen Meißel und einen großen Hammer.«

Der Steward ging ohne noch ein Wort zu sagen und bald waren beide eifrig dabei, den Bolzen aus dem Schäkel der Ankerkette zu schlagen. Das kostete einige Mühe, aber endlich fiel der Bolzen und die Kette rasselte hinab in das aufrauschende Wasser.

»Soweit gut«, sagte Heinrich. »Das Schiff treibt jetzt mit der Strömung langsam über Steuer und in den Kanal hinein und die Brise ist auch günstig. Halten Sie durch das Glas scharfen Ausguck nach dem Land. Wenn die Kerle Anstalt machen uns zu verfolgen, dann heißen wir den Klüver und bringen den Bug herum. Kommen wir durch den Kanal ohne eingeholt zu werden, dann haben wir nichts mehr zu fürchten.«

Er lief achteraus, stellte sich ans Ruder und hielt des Schiffes Bug gegen das Land gerichtet, so dass es aussah, als läge es noch ruhig vor Anker. Der Steward pflanzte sich auf das Back auf und beobachtete das Land durch das Fernrohr.

Eine Weile ging alles gut. Strömung und Wind trieben das Schiff mit langsam zunehmender Schnelligkeit in den breiten Kanal hinein. Dann aber kam des Stewards Alarmruf.

»Steuermann, sie kommen achter! Ich kann die Riemen im Mondlicht blitzen sehen!«

Heinrich drehte das Ruder hart auf und sprang eiligst nach vorn, um unter dem Beistand seines Gefährten den Klüver zu heißen. Das Schiff schwang herum und lag mit der Breitseite gegen den Wind. Der Klüver begann zu ziehen und brachte den *Paladin* in Fahrt. Jetzt wurde es nötig, dass jemand das Steuer regierte. Heinrich rannte wieder achteraus, rief Valeska an Deck und schickte sie ans Ruder, verhehlte ihr jedoch vorläufig noch, dass sie verfolgt wurden.

Mit Hilfe der Winsch heißten sie das Großstenestagsegel und dann setzten sie den Besan. Sie hatten jetzt eine feine Backstagsbrise. Das Schiff lief mit einer Fahrt von drei Knoten durchs Wasser. Das genügte Heinrich jedoch nicht. Sie hatten zwar einen guten Vorsprung, auch war anzunehmen, dass die Verfolger zu betrunken waren, um schnell vorwärts zu kommen. Aber da war eine Stelle im Kanal, wo das Fahrwasser sich so verengte und die Felswände so hoch waren, dass das Schiff dort auf eine Strecke beinahe allen Wind aus den Segeln verlieren musste. Und hier fürchtete er eingeholt zu werden. Sie setzten als letztes noch das Großbramstagsegel. Mehr Leinwand konnten sie vorläufig nicht bedienen. Jetzt erst fand er Muße, einen Blick durch das Glas achteraus zu tun. Was er da sah, war keineswegs ermutigend. Nicht weniger als drei Boote jagten hinter ihnen drein, und das Vorderste, eine Gig, kam augenscheinlich näher und näher heran.

»Ich denke, wir holen einige Gewehre aus der Waffenkiste und laden sie«, sagte er zum Steward. »Da wir nun einmal soweit gegangen sind, wollen wir uns auch nicht wieder fangen lassen. Also schnell, Michel«, so hieß der Steward. »So zwanzig Stück Gewehre und einige Patronenpakete.«

Die Gewehre wurden sorgfältig geladen. Die Hälfte davon in den Waffenständer des Großmastes gestellt und die andere Hälfte nach dem Kampanjedeck geschafft. Inzwischen war das Schiff in der Enge angelangt. Die Segel standen nicht mehr voll und die Fahrt verlangsamte sich. Jetzt fiel aus der Gig, die nur noch eine Meile entfernt war, ein Gewehrschuss. Er schloss daraus, dass Wenzel selber, der einzig Nüchterne, die Gig kommandierte und den Schuss abgefeuert hatte.

Heinrich stellte sich selbst ans Ruder und schickte Valeska in den Salon hinunter mit der Weisung, nicht eher wieder an Deck zu kommen, bis nichts mehr zu befürchten sei. Das Feuern wurde jedoch nicht fortgesetzt. Die Felswände waren jetzt so hoch, dass sie auf beiden Seiten die Toppen weit überragten und da der Wind über den Kanal hinwehte, befand sich das Schiff beinahe in einer Windstille. Wenn nicht ab und zu ein wenig Zugluft von achtern gekommen wäre, dann hätte es alle Fahrt verloren. Die Gig war jetzt keine Viertelmeile mehr von dem *Paladin* entfernt. Ihre Mannschaft, die sich jetzt ihrer Beute schon sicher wähnte, stieß ein heißeres Gebrüll aus. Heinrich laschte das Ruder fest, was unter den obwaltenden Umständen ohne Schaden geschehen konnte und nahm ein Gewehr zur Hand. Der Steward tat dasselbe.

»Ich will kein Blutvergießen, wenn ich es irgend vermeiden kann«, sagte Heinrich. »Wir wollen also erst im letzten Moment schießen. Wenn das Boot so nahe herangekommen ist, dass wir Wenzels Augen deutlich erkennen - er sitzt in den Sternschoten, die Jochleinen in der Hand - dann hilft es nicht, dann sind wir gezwungen zu feuern, in Notwehr. Zunächst aber zielen wir auf die Riemenleute, damit das Boot nicht langseit kommen kann. Denn sonst sind wir verloren. Sieh dich vor, Michel! Wenzel will schießen!«

Der Pirat war aufgestanden und zielte lange und sorgfältig. Dann krachte ein Schuss. Die Kugel schlug in die Heckreling. Wütend warf er das Gewehr nieder und legte die Hände an den Mund.

»Paladin ahoi!«, rief er. »Wenn ihr sofort beidreht, dann schwöre ich euch, dass euch nichts geschehen soll! Dann verzeihe ich euch den verrückten Versuch mit dem Schiff auszureißen. Aber wehe euch, wenn ihr uns zwingt, langseit zu kommen und das Schiff mit Gewalt zu nehmen! Dann werde ich mit euch so verfahren, dass ihr himmelhoch um den Gnadenstoß bitten sollt! Habt ihr mich verstanden?«

»Jetzt kann ich seine Augen erkennen«, sagte Heinrich. »Ich schieße zuerst. Sobald der Rauch sich verzogen hat, feuern Sie. Halten Sie auf den dicksten Haufen, damit so viele wie möglich getroffen werden.« Er legte an und drückte ab. Dem Knall folgte ein Doppelschrei und zwei Riemen trieben im Wasser. Jetzt feuerte der Steward. Wenzel schnellte empor und stürzte kopfüber auf den Boden des Bootes nieder. Eine wilde Verwirrung entstand unter der Mannschaft und als sie endlich die Verfolgung wieder aufnahm, da hatte der *Paladin* die Enge glücklich hinter sich gelassen und begann wieder etwas Wind in seinen Segeln zu spüren. Er kam von neuem in Fahrt, so dass Heinrich wieder das Ruder wahrnehmen musste.

Die Banditen in der Gig ruderten aus aller Macht, aber auch der Wind frischte auf. Bis auf zehn Meter kroch die Gig an das Schiff heran, aber so sehr die Kerle darin sich auch abmühten, sie gewann keinen Zoll weiter.

Da fiel einem der trunkenen Banditen das Gewehr ein. Er hob es auf und lud es mit viel Mühe. Dann richtete er sich schwankend in den Sternschoten auf, versuchte die Waffe gegen das Schiff zu richten und drückte ab. Den Flüchtenden tat der Schuss keinen Schaden, wohl aber dem Schützen selbst. Denn der Rückstoß des Gewehrs, im Bund mit den Dünsten des übermäßig genossenen Rums, nahm dem Mann das ohnehin sehr fragliche Gleichgewicht. Er stolperte nach hinten und stürzte unter dem Hohngeschrei seiner Genossen über das Heck des Bootes rücklings ins Wasser. Ehe sie ihn wieder aufgefischt und an Bord gezogen hatten, verging so viel Zeit, dass eine weitere Verfolgung jetzt selbst von der trunkenen Meute als aussichtslos erkannt wurde. Zehn Minuten später hatte der *Paladin* die Mündung des Kanals erreicht und steuerte hinaus in den weiten blauen Ozean.

* * *

Das Wetter war herrlich und die sanfte Brise so günstig, als sie nur sein konnte. Heinrich legte den Kurs auf Südwest zu West, das war die Richtung, die er von der Markusinsel einschlagen musste, um zu dem Eiland zu gelangen, auf dem Kapitän Lüdemann und Steuermann Gehrke ausgesetzt worden waren.

Nach einer kurzen Beratung mit seinem Schiffsmaaten Michel sprang er die Wanten hinauf und machte die Marssegel los, die dann mit einem gewaltigen Aufwand an Arbeit und mit Hilfe der Winsch und des Leitblocks vorgeschotet und aufgeheißt wurden. Darauf wurden die Rahen vierkant gebrasst und die Abenteurer hatten nun weiter nichts zu tun als das Schiff zu steuern, welche Aufgabe Valeska während des größten Teils des Tages gern übernahm, damit ihre Genossen nach den großen Anstrengungen ein wenig ruhen konnten. Während der Nacht steuerten Heinrich und der Steward abwechselnd und um die Mittagszeit des nächsten Tages langten sie vor dem Eiland an.

Sie drehten bei, setzten die Flagge und gaben in kurzen Zwischenräumen Kanonenschüsse ab, in der Hoffnung, dass der alte Schiffer und Gehrke sich blicken lassen würden. Sie warteten lange Stunden, da sie aber nichts wahrnahmen, was auf die Anwesenheit menschlicher Wesen schließen ließ, brassten sie gegen Abend wieder voll und setzten den Kurs auf die Insel der Passagiere, in der Hoffnung, dass es den beiden inzwischen gelungen wäre, sich mit jenen zu vereinigen.

Gegen drei Uhr am nächsten Morgen bekamen sie den hohen Berg auf Eisenlohrs Insel in Sicht. Bei Sonnenaufgang befanden sie sich auf der Höhe der nordöstlichen Spitze der Insel, zwei Meilen vom Strand entfernt. Wieder setzten sie die Flagge und feuerten Kanonenschüsse ab, welche die Flucht der malaiischen Seeräuber beschleunigten.

Das Erste, was sich daher den Blicken unserer Freunde an Bord des *Paladin* zeigte, war die Prahu, die unter allen Segeln aus der Mündung des Seestroms herausgejagt kam. Ein Anblick, der die drei mit großer Besorgnis erfüllte, weil sie fürchteten, dass die Passagiere als Gefangene an Bord dieses Fahrzeugs sein könnten.

Schon hatte Heinrich eines der Geschütze scharf geladen, in der Hoffnung, die Prahu entmasten und dadurch ihr Entkommen verhindern zu können, als Valeska und der Steward plötzlich in Freudenrufe ausbrachen, denn vom Lande her kam ein kleiner Prahm auf das Schiff zu und darin saßen alte Bekannte und Schiffsmaaten, der Steuermann Gehrke und der Matrose Niklas.

Heinrich hielt auf das winzige Fahrzeug ab. Die Insassen kletterten an Bord und nach freudiger Begrüßung ging es sogleich an einen ersten kurzen Austausch der gegenseitigen Erlebnisse.

Gehrke lotste den *Paladin* in die Mündung des Seestroms hinein und dann den Merresarm aufwärts bis zur Seeninsel wo der Anker in den Grund rasselte. Das Erstaunen und die Freude der Bewohner des Forts beim Erscheinen des stolzen Dreimasters, an dessen Gaffel die deutsche Flagge wehte, waren grenzenlos. Alle eilten zum Strand und als sie hier erkannten, was für ein Schiff sie vor sich hatten, da wurden sie von ihrem Glück fast überwältigt.

Die vier Mann an Bord machten die Segel fest, hingen für Valeska die Fallreepstreppe über die Seite und dann begaben sich alle in dem kleinen Prahm an Land.

Die Szene des Wiedersehens sich auszumalen, müssen wir der Phantasie der Leser überlassen. Nur ein dunkler Schatten fiel in den Sonnenschein des Glücks - der Verlust des armen Kapitän Lüdemann, den Heinrich Rohrpenn ganz besonders schwer empfand, da er, seit er mit dem Schiff den Meuterern glücklich entronnen war, sich kindlich auf den Moment gefreut hate, wo er imstande sein würde, den *Paladin* seinem rechtmäßigen Kommandanten wieder übergeben zu können.

Der ganze Tag verging unter den Erzählungen und Berichten alles dessen, was man erlebt, erfahren und gelitten und auch was man geschafft und errungen und woran man Freude gehabt hatte. Eine besondere Beredsamkeit entwickelte Heinrich, als er auf die von ihm in der Nähe der Markusinsel entdeckten Schätze zu sprechen kam. Alles lauschte ihm mit gespannter Aufmerksamkeit und nachdem er die mitgebrachten Perlen und Edelsteine vorgewiesen, herrschte nur eine Meinung darüber, dass man solche Reichtümer nicht ohne weiteres im Stich lassen dürfe.

Die Frage, wie man sich derselben bemächtigen konnte, war für Heinrich erledigt, solbald er die *Hammonia* gesehen hatte. Er schlug vor, das kleine Schiffchen ohne Zögern zu vollenden und ablaufen zu lassen. Inzwischen sollten alle, die dabei nichts zu tun hatten, ihre Habseligkeiten an Bord des *Paladin* schaffen und sich auch selber dorthin verfügen. Er und Gehrke wollten dann mit dem Kutter nach der Makrusinsel segeln, den rechten Moment abpassen und im Dunkel der Nacht in den Hafen einlaufen, die Schätze an Bord schaffen und am Morgen wieder auf und davongehen, ehe noch die Piraten Wind von ihrer Anwesenheit bekommen konnten.

Eisenlohr und alle anderen waren damit einverstanden. Man machte sich mit solchem Eifer an die Arbeit, dass der Kutter bereits am folgenden Sonnabend vom Stapel gelassen werden konnte. Beim Probesegeln bewährte sich das kleine Fahrzeug über Erwarten gut. Proviant, Wasser und alles, was sonst noch nötig war, wurde an Bord geschafft und am Montag früh ging die *Hammonia* nach der Markusinsel in See, mit Heinrich als Kapitän, Gehrke als Steuermann und Michel als Koch, Steward und Mannschaft, alles in einer Person.

Der Kurs Ostnordost, die zurückzulegende Entfernung betrug dreihundert Meilen. Man hatte ausgerechnet, dass die Hin- und Rückfahrt etwa eine Woche dauern könnte. Allein der Kutter segelte bei der frischen und stetigen Brise so schnell, dass das hohe Land der Insel der Besatzung desselben bereits am Mittwoch in Sicht kam. Aber sehr bald gewahrten die Abenteurer noch etwas anderes: Eine Flotille von fünf Segelbooten zu luvart von sich, rechts zwischen der Insel und dem Kutter. Anfänglich wussten sie nicht, was sie aus diesen Fahrzeugen machen sollten, als sie denselben aber näherkamen, fand Heinrich des Rätsels Lösung - die Flottille bestand aus den Booten des *Paladin*.

»Die Schurken haben Angst gekriegt«, sagte Michel. »Sie fürchten sicher, dass wir ihnen ein Kriegsschiff auf den Hals schicken würden, was wir bei erster Gelegenheit auch getan hätten.«

»Gewiss«, sagte Heinrich, »und jetzt sind sie ohne Zweifel darauf aus, das erste ihnen begegnende Schiff, von dem sie denken, sie könnten es überwältigen, zu überfallen und zu nehmen, als Ersatz für den *Paladin*. Schade, dass wir kein Geschütz an Bord genommen haben.«

Sobald die Piraten den Kutter gesichtet hatten, begannen sie eifrig Notsignale zu machen, worauf Heinrich ganz ruhig aufluvte und sich von ihnen entfernte. Sogleich nahmen sie die Jagd auf, aber sie hätten ebenso gut Seevögel verfolgen können, die unter dem Firmament dahinschossen. Eine Stunde lang versuchten sie vergeblich, der *Hammonia* näher zu kommen, dann gaben sie es auf und waren bald am westlichen Horizont verschwunden.

Es mag hier gleich erwähnt werden, dass man von diesen Seeräubern nie wieder etwas gehört oder gesehen hat.

Am Mittag desselben Tages lief der Kutter in den Hafen der Insel ein. Heinrich legte ihn in der Nähe der Treppe und direkt unterhalb des Felsenhanges, auf dessen Höhe sich die Höhle befand, fest. Die Einnahme der kostbaren Ladung ging schnell vonstatten. Die Krüge mit dem Goldstaub und die ziegelförmigen Goldklumpen wurden mit Leinen zum Kutter herabgelassen, wo Gehrke alles in Empfang nahm. Denselben Weg machte auch der Ballen mit den prachtvollen Zeugstoffen, an denen Valeska soviel Gefallen gefunden hatte. Der Kasten mit dem Rest der Juwelen und Perlen wurde gleichfalls nicht vergessen, ebensowenig einige der Schilde und Speere soweit der Zahn der Zeit die Letzteren noch transportfähig gelassen hatte. Nach Ansicht des Ingenieurs und des Doktors mussten diese Waffenstücke einen großen völkergeschichtlichen Wert haben und deshalb wünschten sie einige davon zu besitzen.

Das Elfenbein und die sonstigen schweren Gegenstände ließen sie zurück für diejenigen, die nach ihnen einmal die Höhle auffinden würden.

Nach Ablauf von drei Stunden war alles an Bord des Kutters geschafft. Sechsunddreißig Stunden später, am Freitag Morgen um sechs Uhr, ließ die *Hammonia* bei der Seeninsel den Anker fallen. Das Gerassel der Kette wurde begrüßt von einem lauten Willkommruf des braven Niklas, der sozusagen die Ankerwacht an Bord des Eilandes hielt. Alle anderen hatten sich auf dem *Paladin* bereits wieder häuslich eingerichtet.

Da die Besatzung des *Paladin* viel zu minderzahlig war, um auch die *Hammonia* mit auf die Heimfahrt nehmen zu können, brachte man die Letztere in eine geschützte kleine Bucht der Seeninsel und deckte sie mit einem festen und dichten Dach aus Palmblättern zu, um sie gegen die Einflüsse der Witterung zu schützen. Man dachte dabei an andere Unglückliche, die, hierher verschlagen, in dem Kutter ein willkommenes Mittel zur Rettung finden würden.

Vielleicht liegt das kleine Schiffchen heute noch dort.

Das war das letzte Werk, das unsere Freunde auf der Insel ihrer Verbannung verrichteten.

Nach einer kurzen, aber mühseligen Fahrt langte der *Paladin* in den nächsten Hafen, Batavia, an. Hier wurde die Mannschaft vervollständigt. Die Reeder in Hamburg erhielten ein Telegramm. Die Passagiere sandten an ihre Angehörigen Briefe ab. Dasselbe taten Heinrich und Gehrke, und dann ging der *Paladin* nach Hamburg in See.

An einem schönen Maitage, beinahe zwei Jahre nach seinem ersten Auslaufen, wurde der *Paladin* von einem kleinen Schleppdampfer wieder die Elbe hinaufgebracht. Da er nur die Ladung an Bord hatte, die von dem Raub seiner ersten und letzten Piratenfahrt herstammte, hatte der Schlepper leichte Arbeit mit ihm. Unweit von Stade lief er einer schwerfälligen Bark auf, die tiefgeladen war und mit der ein ganz winzig kleiner Schlepper sich gegen die Elbströmung anquälte.

Auf dem Achterdeck dieser Bark stand neben deren Kapitän und dem Lotsen ein untersetzter, stämmiger Seemann mit ergrautem Haar und Bart. Als dieser den *Paladin* erblickte, packte er abwechselnd den Kapitän und den Lotsen beim Arm und wies mit allen Zeichen größter Aufregung zu dem langsam herangleitenden Schiff hinüber. Plötzlich rannte er zum Fallreep, sprang in ein unterhalb desselben schleppendes Boot und befahl den darin sitzenden Leuten in gebieterischem Ton, ihn langseit des Schiffes zu bringen. Die Männer gehorchten. Die Entfernung zwischen den Fahrzeugen war nur gering und nach kaum einer Minute grölte eine unseren Freunden wohlbekannte Stimme:

»Paladin ahoi! Hievt uns eine Leine und nehmt euren Kapitän an Bord!«

Mit lautem Freudengeschrei eilten die Alten des *Paladin* an die Reling. Die Leine wurde geworfen, das Boot langseit gebracht und nach einer halben Minute stand Keppen

Lüdemann lebendig, munter und gesund und so vergnügt wie er nur je zuvor, wieder auf seinem eigenen Kampanjedeck und drückte allen, die ihm in den Griff kamen und die ihn längst totgeglaubt hatten, aus Leibeskräften die Hände, wobei ihm die hellen Tränen in den Bart liefen.

Er hatte sehr viel zu erzählen, wir wollen jedoch seine Geschichte hier nur in kurzen Worten wiedergeben.

Das Pontonfloß hatte gegen alle Erwartung zusammengehalten und den furchtbaren Orkan überstanden, der es weit nach Süden verschlug und zuletzt auf einem kleinen Felseneiland stranden ließ. Hier hatte der Schiffer viele Leiden und Entbehrungen auszuhalten, bis er endlich von einem Südseehändler, der Sandelholz von den Inseln holte, gerettet und nach Singapore gebracht wurde.

Das Glück wollte es, dass eine Hamburger Bark in diesem Hafen lag, deren Kapitän ihm bekannt war. Der nahm ihn mit Freuden als Passagier an Bord auf und führte ihn mit sich in die Heimat, wo der *Paladin* zufällig fast zur selben Stunde in die Elbe einlief wie die Bark.

Die Art, wie Heinrich die Piraten überlistet und ihnen das Schiff wieder weggenommen hatte, erfüllte ihn mit Entzücken und Stolz und als er vernahm, wie tapfer sich Valeska in all den schrecklichen Nöten, denen sie ausgesetzt war, bewiesen hatte, da fand er kaum Worte für seine Bewunderung und Teilnahme. Mit größtem Interesse lauschte er den Berichten des Ingenieurs und des Doktors, auch den Erzählungen der Damen und dem Geplauder der Kinder. Und als er in den Hauptsachen alles wusste, sagte er:

»Ich habe das Schiff verloren, das ist wahr. Aber, Gott sei Dank, trotzdem kann ich jetzt vor meine Reeder hintreten und sagen: Hier ist Ihr Schiff, in so gutem Zustand wie es war, als Sie es mir anvertrauten. Und wenn ich es auch nicht gewesen bin, der es den Meuterern und Piraten wieder abgenommen hat, so hat das doch ein junger Mann getan, der unter meiner Leitung der beste Seemann geworden ist, den man sich denken kann und das ist dann wohl auch ebenso gut, als hätte ich das selbst getan!«

Wie die meisten Seeleute, so war auch Heinrich Rohrpenn freigiebig und edelmütig bis zur Selbstlosigkeit. Weltkluge Leute würden eine andere Bezeichnung für solche Eigenschaften finden. Wenn der Ingenieur und der Doktor in ihrem herzlichen Wohlwollen für unseren jungen Freund, dem sie so großen Dank schuldeten, ihm nicht sehr ernstliche Vorhaltungen gemacht hätten, dann wäre von den Schätzen aus der Felsenhöhle auf der Markusinsel nicht allzu viel in seinen Händen geblieben.

Seine Schiffsmaaten, besonders Steward Michel und Robert Gehrke, wurden überreichlich von ihm bedacht, dann aber übernahm Keppen Adam die Verwaltung des Vermögens seines Sohnes. Dieser machte unter Kapitän Lüdemann noch einige Reisen als Steuermann an Bord des *Paladin*. Aber schon nach Jahresfrist setzte sich der Schiffer zur Ruhe und zog zu seinem alten Freund nach Neumühlen. Das Häuschen und das Gärtchen davor boten Raum genug für die beiden abgetakelten Seefahrer.

Sein Nachfolger wurde Heinrich Rohrpenn, der inzwischen das Schifferpatent für große Fahrt erworben hatte. Er machte mit dem *Paladin* eine Reise ins Mittelmeer und zurück und übernahm dann die Führung des großen viermastigen Vollschiffes *Elbe*, das er sich auf eigene Rechnung hatte bauen lassen. Sein Obersteuermann wurde Robert Gehrke, der auch bereits den Bau des Schiffes überwacht hatte.

Die erste Reise der *Elbe* ging über Valparaiso nach Sydney, Hongkong, Kapstadt und Lissabon also rund um die Welt. An Bord befanden sich keine Passagiere wohl aber Keppen Rohrpenns junge Gattin.

Auch hier stand sie bei gutem Wetter zuweilen am Ruder und lenkte den gewaltigen Koloß mit einem leichten Druck ihrer kleinen Hand.

Der Leser ist mit Frau Kapitän Rohrpenn längst bekannt. An Bord des *Paladin* führte sie noch den Namen Valeska Merk.

Worterläuterungen

Anpreien Anrufen mit einem Sprachrohr

Bark Segelschiffstyp mit mindestens drei Masten

Beting Kurzer, starker Pfosten auf dem Oberdeck

Brigg Zweimastiges Segelschiff mit Rahsegeln an beiden Masten

Davit Schwenkbarer Kran bei der Bordwand

Dollbord Verstärkter oberer Rand eines offenen Holzbootes

Düffel Schwerer Wollstoff

Elmsfeuer Seltene, durch elektrische Ladungen hervorgerufene Lichterscheinung

Ewer Kleinerer Segelschiffstyp mit Flachkiel

Fleet Bezeichnung eines natürlichen Wasserlaufs in den Elbmarschen

Gaffel Verschiebbar am Mast befestigtes, schräg nach oben ragendes Rundholz

Galiot Schiff mit geringem Tiefgang, das auf der Nord- und Ostsee eingesetzt wurde

Gräting Begehbarer Gitterrost auf Schiffen

Hellegat	Kleiner, winkliger Raum zur Aufbewahrung von Vorräten und Schiffszubehör
Janmaat	Andere Bezeichnung für Seemann
Kabellänge	Ein Kabel bezeichnet den zehnten Teil einer Seemeile und beträgt 185,2 m
Kampanjedeck	Eines der Decks auf größeren Segelschiffen, Aufbau auf dem hinteren Schiffsoberdeck
Klampe	Vorrichtung zum Befestigen von Leinen und Tauwerk
Klipper	Schnelles Fracht-Segelschiff mit scharf geschnittenem Bug
Knoten	Ein Knoten entspricht einer Seemeile/h, das bedeutet 1,852 Kilometer/h (1 Seemeile = 1852,0 m)
Kogge	Segelschifftyp der Hanse, der im Handel eingesetzt wurde
Kris	Asymmetrischer Dolch in Südostasien
Ladronen	Inselgruppe im West-Pazifik
Lafette	Gestell, auf dem ein Geschütz montiert werden kann
Leeseite	Die dem Wind abgewandte Seite

Liek	Tauwerk, mit dem das Segel eingefasst ist, um ihm Halt zu geben, also der Rand des Segels
Log	Messgerät zur Bestimmung der Fahrt
Luvseite	Die dem Wind zugewandte Seite
Mallungen	Seemännische Bezeichnung für unregelmäßige Winde
Marssegel	Segel, das an eine Rah der Marsstenge angeschlagen wird
Marsstenge	Teil des Mastes oberhalb der ersten Saling, der Marssaling
Norddeutscher Lloyd	Deutsche Reederei, 1857 gegründet. 1970 Fusion mit Hapag zur Hapag-Lloyd AG
Palstek	Knoten, der ein Auge in ein Tau schlingt, damit es sich nicht zusammenziehen lässt
Pardune	Absicherung eines Segelschiffmastes nach seitlich hinten
Prahu	Aus Holz gebauter, dickbauchiger Ein- oder Zweimaster
Pull	Ein Zug am Riemen oder an einem Tauende, an dem geholt wird
Pumpensod	Der niedrigste Ort im Schiff, in dem sich das Wasser sammelt

Rah	Segeltragender Bestandteil der Takelage eines Segelschiffs
rojen	rudern
Rotspohn	Französischer Rotwein
Saling	Holzkonstruktion, zu beiden Seiten neben dem Mast
Spanten	Tragende Bauteile zur Verstärkung des Schiffsrumpfes
Stag	»Über Stag gehen«: Der Bug wird durch den Wind gedreht
Stenge	Verlängerung des Mastes auf einem Segelschiff
Sundastraße	Meerenge zwischen den indonesischen Inseln Sumatra und Java
Talje	Flaschenzug auf dem Schiff
Tjalk	Historischer holländischer Segelschifftyp
Törn	Zeitabschnitt während dessen ein Mann am Ruder zu stehen und das Schiff zu steuern hat
Tonnen	Maßeinheit für den Raumgehalt eines Schiffes

Trimm	Ausrichten eines Schiffs in die richtige Lage
Schanzkleidung	Bordwand, die oberhalb des Oberdecks zum Schutz gegen Wellen fortgeführt wird
Schauerleute	Hafenarbeiter, die Frachträume Be- und Entladen
Scilly-Inseln	Gruppe von ca. 140 Inseln / Felsenriffen vor der Südwestspitze Englands
Schoner	Segelschiff mit zwei oder mehr Masten
Schute	Meist antriebloses Schiff zum Transport von Gütern
Vitalienbrüder	Gruppe von Seefahrern, die im 14. Jahrhundert den Handelsverkehr in der Nord- und Ostsee beeinflusste
Wanten	Seile, mit denen die Masten verspannt werden
Warpanker	Schleppanker
Winsch	Seilwinde, die vor allem in der Schifffahrt verwendet wird